「この気持ち……おかしい。
胸が……ムズムズする」
Character
ユティ
『邪神』の力を身に
いた、今は亡き『弓聖』の
弟子。優夜に対して心を
開き、彼に連れられて現
実世界デビューを果たす
I got a cheat ability in a different world, and became extraordinary even in the real world.
異世界でチート能力(スキル)を手にした俺は、現実世界をも無双する
5
～レベルアップは人生を変えた～

「みんな可愛いんだけど、チートすぎるんだよな……」

「わふぅ〜」

Character

ナイト

【ブラック・フェンリル】の子ども。今はまだ幼いが、実は最強の戦闘力を誇る伝説の魔獣。人懐っこい性格で甘えてくる姿がとても可愛い

Character

天上優夜

てんじょうゆうや

異世界と現実世界を行き来しながら、超無双を続けている少年。ナイトやアカツキ、ウサギに続き、またもや最強の仲間を手に入れる

モフモフ×最強=チート

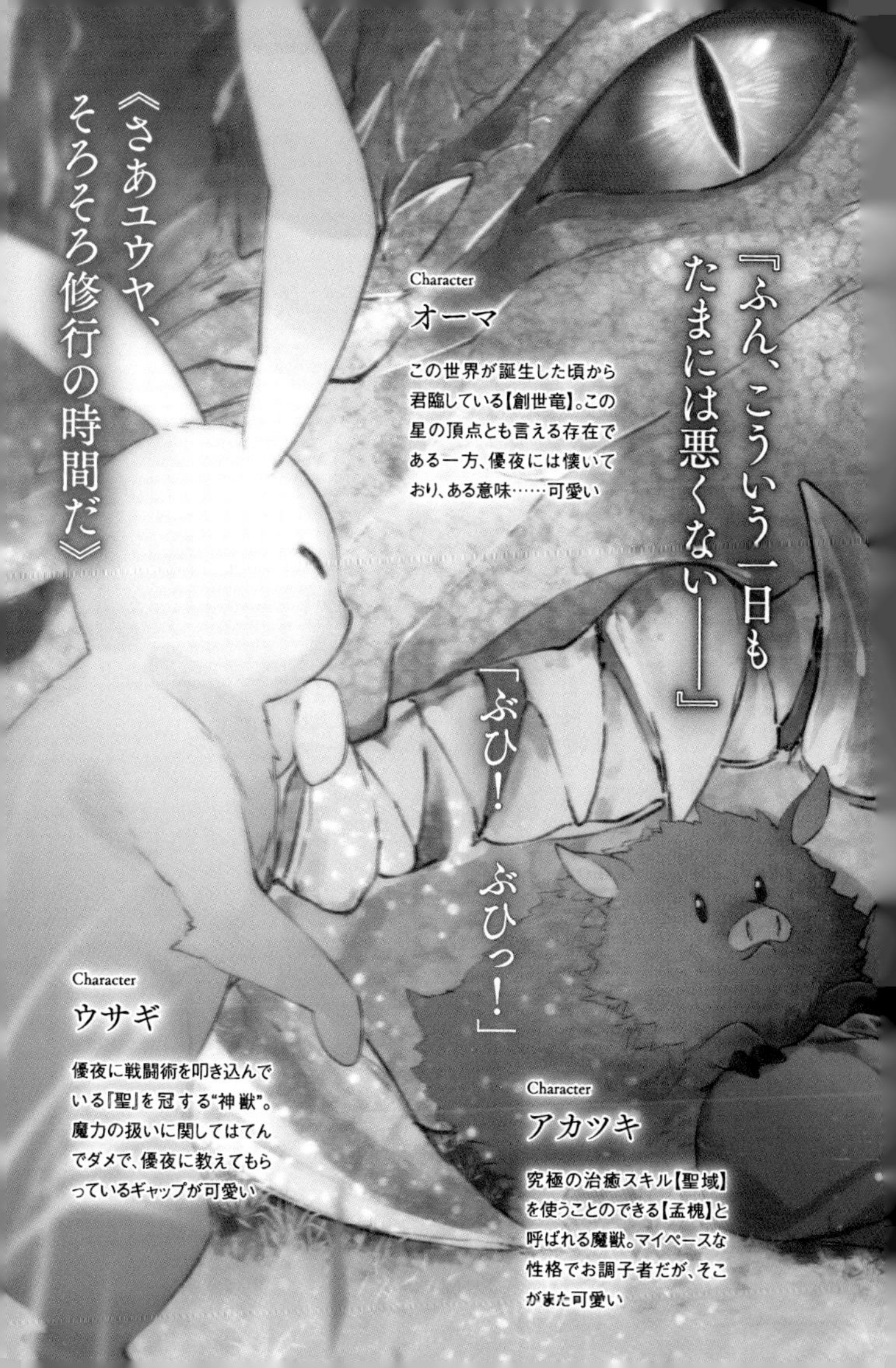

『ふん、こういう一日もたまには悪くない――』

Character
オーマ

この世界が誕生した頃から君臨している【創世竜】。この星の頂点とも言える存在である一方、優夜には懐いており、ある意味……可愛い

《さあユウヤ、そろそろ修行の時間だ》

「ぶひ！　ぶひっ！」

Character
ウサギ

優夜に戦闘術を叩き込んでいる『聖』を冠する“神獣”。魔力の扱いに関してはてんでダメで、優夜に教えてもらっているギャップが可愛い

Character
アカツキ

究極の治癒スキル【聖域】を使うことのできる【孟槐】と呼ばれる魔獣。マイペースな性格でお調子者だが、そこがまた可愛い

Contents

I got a cheat ability in a different world, and became extraordinary even in the real world.5

異世界でチート能力（スキル）を手にした俺は、現実世界をも無双する5

～レベルアップは人生を変えた～

美紅

ファンタジア文庫

2966

口絵・本文イラスト　桑島黎音

異世界でチート能力を手にした俺は、現実世界をも無双する5
～レベルアップは人生を変えた～
I got a cheat ability in a different world, and became extraordinary even in the real world.5
Miku illustration:Rein Kuwashima

プロローグ

——【恵みの森】。

そこは、あらゆる自然の恵みが受けられ、数々の貴重な野草が採取できる森。

しかし、その恵みは草木だけに留まらず、魔物にまで影響を及ぼす。そこに生息する魔物は貴重な野草などを食べて育ったことで、強力な力を得ている。【大魔境】ほどの危険はないが、それでも危険区域に指定されているのだ。

そんな魔物が溢れる場所でありながらただの危険区域指定に収まっているのには理由があった。

＊＊＊

「ふぅ～……今日もいい汗をかいたぜ」

一人の男性が、【恵みの森】の切り株に腰を掛け、汗をぬぐう。

麦わら帽子に、オーバーオールといったいかにも農民らしい姿であり、肩にかけたタオルで汗を拭く姿はどこにでもいそうな中年男性だった。

しかし、明らかに普通の中年男性とは違う点がいくつかある。

それは、周囲の切り倒された木々と、魔物の死体。

そして、中年男性の身長ほどもある超巨大な斧が、木に立てかけられているのだ。

「にしても……ここの木は切っても切っても生えてくるなぁ。魔物も狩っても狩っても湧いてくるし……まあそんだけ自然の力が強い証拠なんだろうが……強すぎる恵みってのも考えもんだな」

そう口にしながらため息をつくこの中年男性こそが、【恵みの森】をただの危険区域に留める要因であり、『斧聖』を冠する人類の守護者だった。

「まあいい。あともうちょい伐採して、魔物どももちょちょいと間引いとけば、周辺の村にまでは魔物も出てこねぇだろっと」

木に立てかけていた斧を手に取り、切り株から立ち上がろうとした――その瞬間だった。

「っ!?」

突如、『斧聖』に強烈な殺気が向けられた。

その殺気を受けた『斧聖』は、一瞬にして戦闘態勢に移行すると、油断なく斧を構える。

「なんだ？　この殺気は……」

だが、『斧聖』にはここまで強烈な殺気を放てるような存在と【恵みの森】で出会ったことがなかった。

「──こーんなところに居やがったのか、『斧聖』」

「っ！　お前は……」

すると、【恵みの森】の奥から、一人の男性が姿を現した。

その男性は赤いドレッドヘアに、胸元の大きくあいた黒いシャツ、その上から白いジャケットを羽織っており、極限まで鍛え抜かれ、凝縮された筋肉がシャツ越しに分かった。

獣を連想するような荒々しい気配を放ち、鋭い金色の瞳はまっすぐ『斧聖』を見つめている。

そして、この男こそが、『斧聖』に強烈な殺気を浴びせている張本人だった。

「何しに来やがった？　──『拳聖』」

『拳聖』と呼ばれた男は、『斧聖』の反応に笑みを浮かべる。

「そう警戒するなよ」

「こんな殺気をぶつけといて、何を言ってやがる」

「落ち着けって。俺様はただ──お前を殺しに来ただけなんだからよ」

「っ⁉」

『斧聖』は『拳聖』の言葉を受け、すぐさま手にした斧を振り上げた。

「【裂叫】っ！」

そして勢いよく斧を地面に叩きつけると、そこから大きな地割れが発生し、『拳聖』の足元にまで到達した。

だが……。

「おいおい、この程度かよ？」

『拳聖』はつまらなそうな表情を浮かべると、『斧聖』の攻撃を難なく躱す。

「――――んなの、俺様でもできるぞ」

そのまま『拳聖』が軽く地面に拳をぶつけると、先ほどの『斧聖』の一撃より速いスピードで、鋭い地割れが、『斧聖』の足元にまで伸びた。

『斧聖』は何とかその攻撃を避けつつ、『拳聖』に向かって叫ぶ。

「くっ⁉　俺を殺すってどういうことだ⁉」

「どうもこうもねぇよ。ただ、俺様がお前を殺す。それだけだ」

「それだけだと⁉　お前も『聖』を冠する存在ならば、こんなこと……」

「ああ、『聖』ね。だからどうした？」

「なっ⁉」

『拳聖』の言葉に、『斧聖』は思わず絶句する。

「俺様は『聖』の役割だのなんだのには興味がねぇ。俺様はただ、強いヤツと戦いてぇからそれができそうな『聖』になっただけだしよ」

「なら、なんで同じ『聖』の俺を……」

「はあ？　俺様と同じような実力者が『聖』なんだろ？　なら、戦わねぇ理由がねぇだろ」

「……お前の戦闘癖には付き合いきれん。それに、最近『邪』の動きが見え始めたんだぞ。それなのに仲間内で戦ってる暇は……」

「『邪』ってのは、この力のことか？」

『拳聖』の体から、突然黒い靄が勢いよく噴出した。

「……は？」

それは、『斧聖』の語る『邪』の力そのものであり、『拳聖』の体からその力が溢れ出ている状況に、『斧聖』は理解が追い付かなかった。

「どう、して……お前がその力を……」

「んなの、より一層強くなるために決まってんだろ？」

「っ！　お前、裏切ったのか……！」

「まあそういうことになんのかね？」

なんの悪びれもなくそう告げる『拳聖』に、『斧聖』は言葉を失う。

「ていうか、なんだっていいじゃねぇか。俺様は、お前を殺しに来た。それだけなんだからよ」

「……お前が裏切った今、俺もお前を殺す理由ができた。お前だけは、野放しにしちゃいけねぇ」

「いいねぇ、その表情。おら、かかって来いよ」

「――――【裂空】っ！」

『斧聖』はその場で素早く巨大な斧を振り回すと、真空の巨大な刃が、【拳聖】めがけて飛んで行った。

だが、そのすべてを『拳聖』は難なく躱す。

「なんだ、地面の次は空気かよ。だが……テメェ、それごときで『斧聖』とか冗談だろ？」

「いや、お前は終わりだよ」

「あ？」

『斧聖』の攻撃はただ地面や空気を裂いただけではなかった。

なんと、『拳聖』が躱したはずの真空の刃は、徐々にその規模を大きくしていき、再び背後から『拳聖』を切り裂こうと襲い掛かる。

「ハッ！　たかだか追尾能力程度で粋がってんじゃねぇよ。んなもの、もう一度避ければ――」

「それをさせると思うか？」

「なっ⁉」

次の瞬間、『斧聖』は手にした斧を大きく振りかぶり、そのまま『拳聖』目掛けて投げつけた。

その勢いは凄まじく、新たな真空の刃をまき散らし、確実に『拳聖』の退路を塞ぎながら、真空の刃と巨大斧で挟み切りにしていた。

「おいおい、逃げ道は左右前後だけじゃねぇんだぜ？」

しかし、『拳聖』はそれらの攻撃を上空に跳び上がることで躱そうとした。

だが――。

「もうお前に逃げ場はない」

「は？　……なっ⁉」

なんと、『拳聖』は『斧聖』の攻撃によって最初の地割れを跨ぐ位置に誘導されていた。

そして、その地割れから超高エネルギーの光が溢れ出た。

「【裂叫】は、ただ地面を裂く技じゃない。大地の叫びを引き起こす技だ」

その光の奔流はすさまじく、周囲の木々や地面を焼き尽くすほどで、さらに避けたはずの真空の刃や斧もまだ追跡してきているため、空中にいることで逃げ場を失った『拳聖』に、対処する術はなかった。

「て、テメェえええええええ！」

「強者と戦いたい割には、油断が過ぎたな。――――【天獄】」

『斧聖』が技名を呟くと同時に、『拳聖』の体を真空の刃と巨大斧、そして光の奔流が一気に飲み込んだ。

光の奔流を見つめる『斧聖』は、顔をしかめる。

「しかし……まさか『聖』の中から『邪』の力を扱う者が出てくるとは……こりゃあ他の連中にも――――」

「――――何終わった気でいるんだ⁉」

「っ⁉」

『斧聖』は目を見開き、声の方向に視線を向けると、そこには無傷で佇む【拳聖】の姿があった。

「馬鹿な……完全に【天獄】はお前を……！」

「拍子抜けだな。テメェにゃあ『聖』の名は重い」

「何を――がふっ⁉」

『斧聖』が言葉を紡ごうとした瞬間、その口から大量の血が溢れ出た。

「何、が……」

『斧聖』の胸に、大きな穴が開いていたのだ。

「あんまりにもテメェがぬるい攻撃するもんだからよぉ……殺しちまった」

「俺を、殺そうが……俺たち『聖』の中で、最強の、存在……『剣聖』、が……お前を滅ぼすに決まってる……覚悟して……」

「とっとと死ね、雑魚が」

「――――」

『斧聖』はその場に崩れ落ちると、激しく痙攣をおこす。

その姿を『拳聖』は冷めた目で見つめながら、すでに物言わぬ屍となった【斧聖】を蹴り飛ばした。

「あーあ、つまんねぇ。せっかく『邪』どもの力を手に入れて、『聖』の連中にケンカ売ったのによぉ。ちたあ楽しませろよな」

『────勝手なことをするなと言ったはずだが？』

「あ？」

『拳聖』のすぐ隣に、突然黒い靄が集まり、ヒト型のシルエットができあがると、そこから声が発せられた。

「何しようが俺様の勝手だろうが」

『そんな言い訳が通用するとでも？　貴様は我々【邪】の力を借りているだけだ。そして、偶然とはいえ確かにその力が完全に適合した。だからこそ、貴様は慎重に────』

「うるせぇ」

『拳聖』は黒い靄の話を遮ると、無造作にその拳を靄にぶつけた。

その一撃はすさまじく、周囲の木々や地面などを吹き飛ばすだけでなく、黒い靄も完全に消し飛ばした。

「俺様は誰の指図も受けねぇ。それに、『邪』の力がいつまでもテメェらのモノだって考えてんなら……俺様を見くびりすぎたな」

黒い靄のいた場所に『拳聖』は背を向けた。

「俺様は、好きなようにやらせてもらうぜ」

そして、【恵みの森】から静かに立ち去った。

＊＊＊

『邪』の存在する【世界の廃棄場】で、先ほど『拳聖』に警告した黒い靄の本体が、苦々しく呟いた。

「――――ここまでか」

その本体は、『拳聖』の近くに現れた時以上に濃密で黒く、邪悪な靄で覆われており、その正確な姿を確認することはできない。

「ヤツの実力を見誤ったようだ」

もはや『拳聖』は完全に『邪』の手を離れた。

「『邪』の力に適合できた数少ない実験体だからこそ、与えた力の制御を甘くしていたのがダメだったな。仕方ない……こうなったからにはヤツには消えてもらわねば……」

『邪』としても、言うことを聞かない駒に用はなく、あっさりと『拳聖』を処分することを決めた。

「少々面倒だが、これからの計画の参考代と考えれば安い。ヤツを消すことなど、造作もないからな。そうなると、いまだに生きている『弓聖』のなりそこないに宿らせている我々の欠片にも、新たな宿主を探させねばならぬか……」

『邪』はそう独りごちると、静かにその場から消えていくのだった。

第一章　ユティとの生活

「こ、これからどうすればいいんだ……？」

「わふ？」

「ふご」

『邪』の力を持ち、さらにウサギ師匠と同じ『聖』を冠する存在の技術を持ったユティという少女の襲撃を何とかしのぎきった俺たち。助太刀として現れたウサギ師匠の言葉により、なんとユティは『邪』に騙されていたことが分かった。

その結果、ユティが俺たちに襲い掛かることはなくなったが、なんとウサギ師匠から彼女の面倒を見るように言われてしまったのだ。

だが、当のユティ本人は心を整理したいと一人部屋にこもっており、相談しようにも声がかけられない。まあ今はいろいろ頭の中がぐちゃぐちゃだろうしなぁ……。

「仕方ない、日課の筋トレとかやって、そのあとご飯でも作るか」

「わん！」

「ふご」

俺の言葉に賛成だというように、ナイトとアカツキも可愛らしく答えた。

「フッ！　フッ！」

異世界に来る前は一般的な腕立て、腹筋、背筋、スクワットをしていたのだが……何故だか一向に痩せなかった。サボることなく、毎日続けてたんだけどね……。

それが異世界でレベルアップしたことで痩せた上に、急に筋肉がつくようになったのだ。本当に、異世界って不思議だよね。

異世界に来る前から続けている筋トレを終えた後、ナイトと一緒にトレーニングをしていると、ふとアカツキ以外の視線を感じた。その方向に目を向けると、ユティが立っていた。

なので、俺とナイトは一度組手をやめ、ユティに声をかけた。

「その、どうした？」

「……」

声をかけても何も言わないユティに、俺も困惑してしまうが——。

ぐうぅ～～～。

不意に可愛らしい音が響き渡った。

その音は、ユティのお腹から聞こえる。

「えっと……もしかして、お腹空いた？」

「……ん」

小さく頷くユティ。

確かに、あれから俺も動き続けているし、ユティも俺との戦闘を終えたばっかりだもんな。それに、時間的にもお昼の時間だし。

「分かった。今からご飯の支度をするから、少し待ってて」

「……」

俺の言葉に再び頷いたユティは、静かに部屋に帰っていった。

それを見送りつつ、俺はナイトたちに声をかける。

「さて、それじゃあ飯を作りますかね」

「わふ」

「ふご」

とはいえ、今回はユティとの戦闘もあって疲れているので、正直料理をするのも面倒くさい。

だが何かを食べないと力も出ないし、お腹も空いているので、俺は簡単にパスタを作ることにした。茹でるだけだし。

さすがにパスタは地球のモノで、さらにソースも日本の各企業さんが美味しく作ってくれているので、お手軽に美味しいものが食べられる地球の……いや、日本の食品技術は本当にありがたい。

ナイトたちも俺と同じようにパスタを……というか、人間のモノを食べることができるので、同じものを用意する。うーん……改めて考えると、異世界の魔物はやっぱり地球の生き物と少し違うんだなぁ。

そんなことを考えながらも無事にミートソースパスタが完成した。

すると、匂いに釣られたのか、ユティが声をかける前にやって来た。

「いい匂い」

「え？　あ、その……ご飯できたんだけど、食べる？」

「……ん」

「……あ、そういえば、体の方は大丈夫？」

「問題ない」

「そ、そうか」

ウサギ師匠の攻撃をまともに受けていたはずなのに、大丈夫なのか。すごいな。

ユティの返事に驚きつつも、俺たちは食卓についた。

「えっと……じゃあ、いただきます」

「わふ！」

「ブヒ！」

「？　いただき、ます？」

俺の言葉に、ユティは首を傾げ、さらに目の前に置かれたパスタを見て、さらに首を傾げた。

「ああ、ユティたちにはいただきますって言う文化はないのか……っと、そういえばパスタも見たことないのか？」

「肯定。どう食べる？」

「これは……」

用意したフォークでパスタを巻き取りながら、食べる動作を見せてやるが、ユティはそれを見てまだ首を傾げている。

すると、何やら一人納得した様子で頷くと、何故か俺にフォークを差し出した。

「分からない。だから、オマエ、食べさせる」

「は⁉」

予想外の言葉に、俺は思わずフォークを落としそうになった。た、食べさせるって……いや、たった今、食べ方見せたと思うんですが……。

「私、いつも師匠に食べさせてもらってた。だから、食べさせて?」

いつも食べさせてもらってたってどういうことだよ……いくら何でもおかしいだろ。赤ちゃんじゃないんだぞ。それとも、ユティのお師匠さんはそこまで過保護だったの？　俺の師匠とはえらい違いだ。いや、ウサギ師匠に過保護な扱いを受けても違和感しかないけど。

ただただ困惑するしかない俺だが、ユティに自分で食べ始める気配はなく、純粋な目で俺を見つめ、小さい口を開けた。

「あー」

「うっ……」

どう見ても自分で食べてくれる様子のないユティに、俺はついに根負けしてパスタを食べさせた。

「ほら」

「ん……ん！」

すると、ユティは目を見開き、俺を驚きの表情で見てくる。

「驚愕。すごく美味。オマエ、実は料理人？」

「い、いや、そういうわけじゃないけど……」

「確かに……料理人だとすれば、あの強さは説明がつかない。不思議」

俺のことを不思議そうに見つめながらも、パスタを食べ続けるペースは変わらず、気づけばあっという間に食べ終えてしまった。

「美味だった」

「それはよかった」

まあ俺の腕というか、企業努力の勝利ですね。

ユティの食事が終わったことで、改めて俺も自分の食事を始めようとすると、ユティが真面目な表情を浮かべ、俺を見てくる。

「？　どうした？」

「要求。自己紹介」

「え」

今さら⁉　しかもかなりざっくりとした要求だなあ！

「オマエ、あの『蹴聖』の弟子なのは、知っている。でも、他は、よく知らない」

「そういえば……」

いきなり攻撃され、そこからは自己紹介なんていう空気でもなく戦い続けてましたから……いや、あの状況下でのんきに自己紹介できるとしたらどんな精神構造してるのか知りたいよね。

「俺は天上優夜。知っての通り、あのウサギ師匠の弟子だけど……」

「理解。私、ユティ。『弓聖』の弟子」

俺の自己紹介を受け、ユティも簡潔にそう口にした。

そしてその他の簡単な自己紹介を終えたところで、先延ばしにできない現状を聞く。

「それで、その……気持ちの整理はついた……？」

「……微妙」

「そうか……俺は君のことをウサギ師匠から頼まれたわけだけど……」

なんて説明すればいいのかと頭を悩ませていると、ユティは顔を少し俯けた。

「……師匠を殺したのは、人間。でも、その裏に『邪』がいることは、知らなかった。今でも師匠を殺した人間たちは許せない。でも、ウサギの話が本当なら、その人間たちは、もういない。だから私は、すべての元凶である『邪』を倒す。それだけ」

「……」

ユティはそういうと、改めて俺をまっすぐ見つめてきた。

復讐（ふくしゅう）することが悪いとか、そんなことは当事者ではない俺には何も言うことができないし、止める資格もないだろう。

「ちなみに、これから行く当てとかは？」

「ない」

だとすると、俺がこの子にしてあげられることって何だろうか？

いろいろ考えてはみたものの、ただの学生でしかない俺にいい考えが浮かぶはずもなく、俺は重いため息をついた。

ふと視線をあげると、ユティの格好が泥（どろ）だらけであることに気づく。

あー……俺たちと戦って気を失ってたし、起きてからもすぐに部屋にこもっちゃったもんな。そりゃ着替（きが）えたりする暇（ひま）はないか。これならご飯より先にお風呂（ふろ）を用意してあげればよかったな……。

そんなことを思っていると、ユティが自身の体を見下ろしていることに気づく。

「ん？　どうした？」

「私、泥だらけ。希望。水浴びしたい」

「あー……確かに、俺たちと戦ってそのままだったもんな。でも、水浴びなんかじゃなくて、風呂に入らない？」

「？　風呂？　疑問。それは何？」

「え？　風呂が分からないのか……水浴びは分かるんだよな？」

「肯定。師匠とよく一緒にしてた」

「その水が温かいものが、お風呂だよ」

「理解。興味深い。その風呂とやらに、入る」

「よし、それじゃあ今用意するから少し待ってて」

携帯露天風呂でもいいのだが、わざわざ外に用意するのもおかしいので、今回は普通に地球の家の風呂を用意した。

「ほら、用意できたよ」

「ん」

「…………ん？」

すると、何故かユティは両腕を挙げ、俺を見つめてくる。

「？　水浴びなら、服脱ぐ」

「う、うん。そうだな」

「ユウヤ、脱がせる」

「何故に⁉」

風呂に入るから服を脱ぐまでは理解できた。でもその手伝いを俺がするのは理解できん！

「私、おかしい？　師匠、いつも脱がせてくれた」

「お師匠さん!?」

もう過保護ってレベルじゃないですよ！　どこまで溺愛してたんだ!?

ユティの実年齢は分からないが、見た目的に中学生くらいだろう。それなのに食べさせてもらったり服を脱がせたりって……独り立ちさせる気あったのか……？

それはともかく、俺が脱がせるのは普通にまずいので、何とかユティを説得しつつ、俺は風呂場にユティを連れて行った。

そして風呂場にあるシャワーやシャンプーの説明などをすると、ユティは目を見開く。

「ここ、不思議な道具だらけ。全部魔道具？」

「いや、別に魔道具ってわけじゃないんだけど……」

「だって、このよく分からないものを捻ると、水が出る。すごい」

まったく想像してなかったが、確かにシャワーや蛇口なんていうものは異世界にはないだろうしなぁ。まあ蛇口をひねって水が出るのは、確かにありがたいことではあるよね。

「この石鹼も、すごい。師匠が使っていたものより、あわあわ」

「そ、そうか。とりあえず、どう使えばいいのかは分かったよな？」

俺の言葉にユティは静かに頷いた。

「よし、それじゃあ――」

「早速入ってくる」

「うぇえ!?」

ユティは俺がいるにもかかわらず、その場で白いワンピースを脱ぎ捨てた。

おい、さっきまで脱がせてとか言ってた割にはすんなりとできるじゃねぇか！　……って問題点はそこじゃなくて！

ユティの行動に固まってしまう俺だが、そんな俺を無視してユティはその場に服を脱ぎ散らかすと、風呂場に入っていった。

あまりにも衝撃的過ぎたため、思わず固まってしまったが……。

「……ひとまず、洗濯するか」

女の子の服を男の俺が洗っていいものかと普段の俺ならおろおろしていただろうが、先ほどのもっと大きい衝撃を受けたのと替えの服がない状況から、無心で洗濯をする。

洗濯機を回し始めたところで、俺はユティと戦闘した時以上の精神的疲れを感じるのだった。

＊＊＊

「さて、ユティが風呂に入っている間にユティが寝たりする場所を用意しないと……」

それに、今はいいが、本格的に俺の家で過ごすというのなら、ユティの替えの服なんかも用意しないといけない。

まだちゃんと話し合っているわけじゃないが、ここでユティと別れてしまったら、ユティは復讐のためだけに行動をするだろう。

どこかで休むあてもなく、たった一人で。

それなら、せめて俺の家がユティの休む場所になることができればと、俺は思ったのだ。

「まあ、それで本当にこの家に住むっていうんなら、ユティの服を用意したり、何なら地球で生活できるようにしたほうがいいんだろうなぁ……」

いや、本当に住むって決まったわけじゃないけど、俺の家で過ごすなら異世界だけじゃなく、今いる地球のことも知ってもらわないと、何かあった時に困るからな。

「これからどうなるのかね？」

「わふ？」

「フゴ」

俺の問いに、ナイトとアカツキは同じように首を傾(かし)げた。

その瞬間(しゅんかん)、地球の家のチャイムが鳴った。

「ん？　なんだろう？　新聞の販売(はんばい)かな？」

特に何かを頼んでいたりした覚えもないので、そう思いつつ玄関(げんかん)に向かうと……。

「こんにちは、優夜さん」

「え、佳織(かおり)!?」

なんと、俺の家にやって来たのは佳織だった。

「どうしたの？」

「その、たまたま優夜さんの家の近くを通りかかったというのもあるのですが、その……優夜さん、何してるかなぁと思いまして……」

「そ、そうか」

佳織のそんな言葉に、俺は思わずドキリとする。

別に佳織としては他意はないんだろうけど、思わず意識してしまった。

そんなことを考えていると、佳織は申し訳なさそうな表情を浮(う)かべる。

「その、迷惑(めいわく)でしたか？」

「え？　そんなことないよ！」

慌てそう告げると、佳織は安心した様子を見せた。

「よかったぁ……あ、そういえば、前にしたお願いのこと、覚えてくれていますか？」

「お願い？」

「はい！　以前、優夜さんに異世界の観光をお願いしたじゃないですか。その時、優夜さんは危険だからダメとおっしゃいましたが、やはり気になって……」

「う、うーん……」

確かに、目の前に異世界なんていう不思議な世界があれば、行きたくなるのは自然なことだろう。

だが……。

「でも、やっぱり危険——」

「——優夜。上がった」

「へ？」

突然背後から声を掛けられ、思わず後ろを振り向くと……。

「ゆ、ゆゆ、優夜さん……その、女の子は……」

水に濡れたままの……しかも、裸のユティが立っていたのだ！

「こ、これは！　その、いろいろ事情が！」

「ユウヤ。上がった。どうする？」

「いや、どうするじゃなくて、服を着ろ！」

「服、ない」

「そうだった……！」

その用意の途中だったんだよ！

「ゆ、優夜さん！　この女の子はどうして裸なんですか!?」

「？　ユウヤ、この女、誰？」

二人同時に迫られた俺は、思わず天を仰ぎたくなった。

「だ、誰か助けてくれ……！」

＊＊＊

「な、なるほど……そんなことが……」

あれから何とか気力を振り絞り、必死にユティのことを説明したかいあってか、佳織からの誤解は解かれた。もし誤解が解けなかったら、俺は変態野郎として佳織に認識されてしまうと考えたら、必死にならざるを得ない。よかった、誤解が解けて……。

ユティのほうも、洗濯し終えた服を魔法を駆使して乾かしたおかげで、ひとまず着替えが済んでいる。

　そして、ユティのこともついでに佳織に相談する形で話したのだ。それこそ、着替えの服を用意するとなると、男の俺じゃ厳しいからね。

「その、一つ確認なのですが、これから優夜さんと一緒に暮らすということなんでしょうか？」

「うーん……ユティがどうしたいのかにもよるけど……」

「だ、ダメですよ！　女の子と二人、同じ屋根の下なんて……」

「う、それは……」

　佳織の言うことはもっともなのだ。

　思わず佳織の言葉に詰まっていると、ユティが真面目な表情で口を開く。

「私、ここがいい」

「「え？」」

　ユティの思わぬ言葉に、俺と佳織は同時に声をあげた。

「ここがいいって……」

「ユウヤ、ご飯、美味。風呂、気持ちいい。結論。ここがいい」

「そんな理由⁉」

「どうせ行くあてはない。断られたら、どこか外で寝泊まりするしかない」

「そ、それはダメだろ！」

「そうですよ！」

ユティの言葉には、俺だけでなく佳織もすぐさま反対した。

女の子なんだし、何より魔物がいるような世界で外で寝泊まりなんて危険すぎる。……いや、俺以上に強いから心配ないのかもしれないけど。

「心配無用。私、師匠と森の中、生活していた」

「も、森の中ですか？」

「肯定。だから、野宿には慣れている」

「いや、ユティは慣れてても俺たちの気持ち的にさ……」

ユティの言葉にため息をつきながらも、俺は改めて告げた。

「まあ師匠から頼まれたわけだし、一緒にここで暮らそうよ。部屋はたくさんあるしね」

幸い、【異世界への扉】の換金機能のおかげで、お金には困ってないから一人増えたところで問題ないし、実際この家は俺とナイトたちだけでは広すぎる。

「安心。正直、断られたら困った。『邪』の力、今は落ち着いているけど、完全に消えてないから」

「え」

「今は、私でも抑えられるから大丈夫。でも、まだ少し『邪』が残ってる気がする」

ちょっと待って。その話はさすがに聞き流せないぞ……！

まさかのユティの発言に俺が焦るのに対し、『邪』が何なのか分からない佳織は首を捻った。

「じゃ……ってなんですか？」

「え？　あー……その……なんて説明すればいいのか……」

正直、俺でさえいまだにちゃんと把握しきれてないのだ。ウサギ師匠の話だと世界の負の側面の塊みたいな存在だって言ってたけど……。

俺が答えあぐねていると、ユティが代わりに答えた。

「『邪』とは、世界の負の側面そのもの。詳しい説明は難しい。ただ、悪いもの」

「な、なるほど……？　えっと、つまりはその悪いものがユティさんの体にあるってことなんですか？」

「肯定。そこにいる豚の力で一時的に抑えられただけ」

「ブヒ!?　フゴ、フゴォ！」

「お、落ち着け、アカツキ」

アカツキはユティにその豚呼ばわりされたことが気に入らないらしく、その場で地団駄を踏んで抗議の声をあげていた。ただ、その姿は抗議をしているにしてはあまりにも可愛い。

「そうなのか……じゃあ、またその『邪』の力が暴走したり……」

「可能性は、ある。『邪』への敵対を決意した今、前のように力を制御できるとは限らない」

それはそうだよな。もし『邪』ってヤツらが自分の与えた力を正確に把握できるのであれば、敵になりえる存在からその力を回収するだろうし。

「幸い、ここには豚がいる。だから、暴走の心配は少ない」

「そうなのか……」

そうなるとますますユティを送り出すわけにはいかない。

『邪』と敵対すると決めた以上、他の人間たちに被害が出るのはユティとしても不本意だろうし。

「やっぱり、ユティにはここにいてもらった方がいいね」

「肯定」

「……こればかりは、仕方ないですね……でも、優夜さん、私の知らないところで色々な女性と仲良くなってるんですね……」

「うぇ!? ご、誤解だって！　偶然だから！」

「そうなんでしょうか……」

確かにレクシアさんとかルナとか、佳織も会ったことがある人は女性ばかりだけど、そんなことはないよ！　……多分。あれ、男性の知り合いもいるよな？　オーウェンさんとか、アーノルド様とか……ちょっと不安になってきた。

佳織が何やら複雑そうな表情を浮かべる。確かに女の子と二人で暮らすわけだが、変なことをするつもりはない。というか、実力的に返り討ちにされる。

それよりも、俺ってそこまで信用ないかな……？　ちょっと悲しい。

若干へこみつつも、ユティをこの家で受け入れると決めたことで、別の問題にも目を向けなければいけない。

「ただ、そうすると俺が学校行ってる間はどうしようかな……一人にするのは怖いし……」

「がっこう？」

ユティには聞きなれない単語なのか、首を傾げている。

ナイトとアカツキはいい子だし、ちゃんとお留守番ができるのだが、ユティはどうだろう。さっきの食事やお風呂といい、かなり世間知らずだし、何か起きると怖い。一番安全なのは異世界の家からこの地球の家に来れないようにしつつ、異世界の家で過ごしてもらうことなんだけど……それはさすがに窮屈だろう。

うんうんと頭を悩ませていると、佳織がおずおずと口を開いた。

「あの……でしたら、ユティさんも学校に通いませんか？」

「え？」

予想外の言葉に反応すると、佳織は続ける。

「ユティさんの年齢はいくつですか？」

「？　年齢、分からない」

「わ、分からないんですか……ですが、見た目だけで言えば中学生に見えますし、中等部に編入するのはどうでしょう？」

「それは……」

いきなり地球の学校に連れ出すのは正直怖いが、ユティが『邪』のことだけじゃなく、他のことにも目を向ける機会になるのなら、とてもいいことだと思う。

ただ……。

「もしユティを中学に入れることができるのなら有難いけど、難しいだろ。ユティの場合、戸籍もないし、第一どこの学校が……」

「それでしたら、『王星学園』で大丈夫ですよ」

「へ？」

「私たちが通っている学園の敷地内に、私たちが使わない校舎があるの、覚えてますか？」

「ま、まあ……」

というか、『王星学園』はいまだに広すぎてすべての施設を把握しきれていないので、正直使っていない校舎と言われてもピンときていない。

「その校舎では、中等部の生徒たちが授業を受けているんですよ。見たことありませんか？　高等部と制服が一緒なので分かりにくいですが……」

「そうなんだ……」

よくよく考えれば、ひと学年ごとの人数のわりに見かける生徒の数が多い気がしていたんだよな。それは中等部の子もいたからなんだな。

「『王星学園』の中等部であれば、何かあった時に優夜さんもすぐ駆け付けられますし、安心ではないですか？」

「それは本当に安心できるけど、そんな簡単に編入とかできるのか？」

「高校生であれば、どこの高校にも所属していない状態からの編入は難しいでしょうが、中学生であれば、まだ何とかなりますよ」

そういうと、佳織は頼もしい笑みを浮かべたあと、そのままユティに顔を向ける。

「ユティさんも、『王星学園』で大丈夫ですか？」

「？　大丈夫も何も、分からない。でも……ユウヤがいるなら、安心」

そんなユティの言葉に満足げに頷くと、佳織は手を打った。

「でしたら、今からユティさんのお洋服なんかを買いに行きましょう！　そしてそのまま直接お父様に事情を説明しに行けば、すぐにでも手続きができますよ」

あれよあれよと佳織のおかげでユティのことは何とかなりそうだった。

「その、ありがとう。正直俺一人じゃどうしたらいいのか分からなかったし……」

「いえ、役に立てたのならよかったです」

「このお礼というか、俺にできることがあれば……」

「んー……あ！　でしたら、異世界の街に行きたいです！」

「え？」

「ダメですか？」

「う……」

ユティのことでここまで考えて動いてくれている以上、できれば叶えてあげたいが……。

俺が言葉に詰まっていると、ユティが不思議そうな表情を浮かべる。

「疑問。どうして街に連れて行かない？」

「え？　そ、そりゃあ危ないから……」

「危ない……？　ユウヤ、おかしい。ユウヤにとっての危険、『邪』や『聖』の領域。そんな相手、そうそう出てこない」

「そこまで強くはなってないんだけどね……」

ユティやウサギ師匠がいるからだろうな……。【大魔境】の魔物相手の実戦経験も積んではいるものの、全然強くなってる気がしない。

それはともかく、ここまで期待に満ちた目で見られちゃうとなぁ……。

俺はため息をつきつつ、一つ条件を付けた。

「分かったよ。でも、先に佳織の装備を手に入れてからね」

「え？」

俺の言葉に、佳織はきょとんとした表情を浮かべる。

「ユティは大丈夫だって言ってくれるけど、もし万が一があったら大変だ。だからこそ、万全を期すためにも、佳織の装備を手に入れてからにしよう。装備さえあれば、何かあった時の守りにはなるだろうし……」

「わ、分かりました！　それで大丈夫です！　その……装備はどうやって手に入れるんでしょうか？」

「遅くとも来週の休日までには俺が入手しておくよ。そのまま休日を使って異世界の王都を観光しようかなって考えてるんだけど……大丈夫？　だから、佳織の装備もその土曜日に直接渡して、そのまま出発することになると思うけど」

「来週の土曜日、日曜日でしたら大丈夫です！　それに、恐らくユティさんの編入もその休日明けになるでしょうし、ちょうどいいですね」

俺の言葉に嬉しそうに頷いた佳織は、改めて俺とユティに告げた。

「では、異世界の街案内をしていただける約束もできましたし、さっそく行きましょうか」

ナイトたちにはお留守番をしてもらいつつ、佳織に連れられ、俺とユティは出かけるのだった。

＊＊＊

家を出た時、ユティはそこに広がる光景に固まっていた。

「驚愕。これは……建物？」

「ああ、ここにあるのは全部家だよ」

「家……貴族の？」

「へ？　貴族じゃないよ。普通の一般的な家だね」

「一般的!?」

ユティは俺の言葉にさらに目を見開いていた。そんなに驚くような……いや、異世界で見た民家を思い出したけど、確かに日本で見かける家ほど大きくないし、どちらかといえばログハウスの延長みたいな家が多かった。中には石造りというか、レンガ造りの家もあったけどさ。

さっそく地球の家や道に驚くユティが周囲を見渡していると……。

「!?　魔物!?」

「ユティ!?」

ユティはたまたま通りかかった車に素早く反応すると、その場から大きく飛び退いた。そしてユティの武器である弓を使おうとするが、俺が回収したままなことに気づき、焦る様子を見せる。

「要求。私の武器、返す。じゃないと、アレ、倒せない」

「いや、倒しちゃダメだから！」

「異世界には、車がないんでしたね……」

佳織もそのことに気づいたようで、ユティの様子に苦笑いしながらもなんとか車のことを二人で協力して説明した。

「……一部、理解。馬車に近いモノだということは分かった。でも、何で動いてる？　魔力は、感じない」

「魔力じゃなくて、ガソリンだからな」

「ガソリン？　……やはり、不明」

これぱかりは説明のしようがない。ガソリンの説明ってどうすりゃいいのよ。

ひとまず車が馬車の仲間だと理解してもらったところで改めてユティの服などを買いに向かうが、やはり地球が珍しいユティは、俺たちの斜め上の行動をとり始める。

「ユウヤ。この柱、何？」

「それは電柱だね」

「電柱……登る」

「登らない！」

なんで登るなんて選択肢になるの。

「ユウヤ。この家の塀(へい)、意味あるの？　これじゃ、敵の攻撃(こうげき)を防げない」

「いや、敵なんていないから……だから登らないで!?」

ユティは自然の中で師匠(ししょう)である『弓聖(きゅうせい)』と暮らしていたようなので、何かあるとすぐに登りたがった。サルですか。

異世界で出会った時はただひたすらに戦うことに集中していたユティだが、今はあらゆるものに興味津々(きょうみしんしん)で、注意力散漫(さんまん)になっていた。

そんな状態で歩いているのもあるが、何よりユティの容姿はよく目立ち、周囲の人たちが俺たちを見て何かを囁(ささや)き合っていた。

「おい、あれ……」

「うわあ……お人形さんみたい……」

「コスプレか？」

「いや、それにしたってあの髪(かみ)は自然すぎるだろ。目の色も違和感(いわかん)ないし……」

「てか、もう一人の女の子もすげぇ可愛(かわい)くね？」

「……って、あの二人と一緒(いっしょ)にいる男、前にモデルの美羽(みう)とのツーショットで話題になってたヤツだろ？」

「くそっ！　あんな可愛い女の子二人と……羨(うらや)ましい……！」

いろいろな好奇の視線に晒されていると、周囲を見ていたユティが俺に顔を向ける。

「ユウヤ。人間、ジロジロ見てくる。不快。撃っていい？」

「ダメですけど⁉」

異世界でもそんな理由で人を撃っちゃダメでしょうに。え、ダメだよね？

俺の言葉にどこか納得のいってないユティだったが、やはり周囲からの視線が気になるらしく、ソワソワしてしまっている。

すると、周囲を忙しなく見渡していたユティは、つい車道へと飛び出してしまう。

というより、異世界では車道と歩道といった区別がなく、ただ道があるだけなので、ユティが車道に飛び出してもおかしくはなかった。

「あ、危ない！」

誰かのそんな声が聞こえた瞬間、俺は急いでユティを抱きかかえると、その場から飛び退く。

『お、おお！』

「な、何だ、今の動き⁉」

「全然見えなかったぞ……」

「かっこいい……」

そんな俺の行動に、周囲の人たちは驚きの声をあげていると、佳織が焦った様子で駆け寄ってきた。

「ゆ、優夜さん、ユティさん、大丈夫ですか!?」

「ああ。俺は大丈夫だけど……」

そう言いながら抱えているユティを見下ろすと、ユティも俺を不思議そうな目で見上げていた。

「不要。助けがなくとも、問題ない。何より、ぶつかれば壊れるのは車」

「そういう問題じゃないんですよ!? 車に轢かれて大丈夫とは思わないし、相手の車を壊すのもダメだから！」

「……難解。私、そんな軟な鍛え方じゃない」

「ひとまずその脳筋思考をどうにかしてくれ……」

もうすでにこの時点で疲れながらも佳織についていくと、ようやく目的地付近にまで来た。

そこは、学園からも近い位置にあるショッピング街で、工事中の建物もあり、まだまだ発展するであろう様子がうかがえる。

「ここにあるお店のお洋服なんかが、ユティさんには似合うと思うんですよね！」

「そ、そうなのか」

俺には女の子の服の良し悪しは分からないので、そう答えるしかない。

ここでは完全に俺は力になれないなぁとか考えていると、ふとユティがぼーっと空中を見つめていることに気づいた。

「ん？　どうした？」

「落ちる」

「え？」

ユティは工事中の建物を指さすと、淡々とした口調で続けた。

「落下。あそこの柱、落ちる」

「柱って……ウソだろ!?」

ユティが指していたのは、現在工事中の建物でクレーンを使って吊り上げられていく鉄筋だった。

ただ、なんでそんなことが分かるのかと、改めて訊こうとすると、ユティはさらに続ける。

「親子。死ぬ」

「は？」

「ユティさん、どうしたんです？」

俺たちが付いて来ていないことに気づいた佳織がそう訊いてくるが、今の俺はユティの聞き逃せない単語に固まっていた。

すぐさまもう一度鉄筋が吊り上げられている場所の付近を見渡すと……。

「マジかよ……」

そこには、今まさにその鉄筋の下付近を通ろうとしている赤ちゃんを抱えた女性がいた。

そして――――。

ガキンッ！

すさまじい金属音が響き渡ると、その親子目掛け、鉄筋が落下を始めた！

「きゃあああああ！」

「お、おい！」

「やばい、離れろ！」

鉄筋が落ちてくる光景を見た人たちが急いで少しでも距離をとろうとする中、ちょうど鉄筋が直撃するであろう場所にいるその女性は身が竦んでいるようで、動けなかった。

「クソッ……！」

俺はその場から全力で駆け出すと、固まっている女性を抱きかかえた。

だが、その場から俺が飛び退くより早く、鉄筋が直撃してしまうことが直感的にわかってしまう。

マジかよ、どうすりゃいいんだよ⁉

魔法を使うにしたって、こんな人通りの多い場所で……いや、それどころじゃねぇ！

俺はとっさに魔法を発動させようとするが、それより先に、俺の体が自然と動いていた。

それは、散々ウサギ師匠との特訓や、毎日行っている修行の成果というべきか、ごくごく自然に俺は足を振り上げ、その鉄筋を蹴り上げていた。

ウサギ師匠直伝の蹴りは、俺のステータスとも相まって、鉄筋を容易く吹き飛ばすことができるが、馬鹿正直に吹き飛ばすと周囲への被害が出てしまう。

そこで、俺はサッカーのトラップの要領で、鉄筋の衝撃を受け流しつつ、一瞬にしてその場に置くようにした。

『へ？』

誰もが直撃すると思っていた中、予想していたような音も衝撃もなく、周囲の人たちは困惑している。

そんな周囲を無視しつつ、俺はいまだに固まっている女性に声をかける。

「大丈夫ですか？」

「……へ？　は、はい！」

俺に声をかけられ、正気に返った女性だが、また俺の顔を見ると、顔を赤くして固まってしまった。

「お、おい。何が起きたんだ？」

「さ、さあ……」

「俺、一瞬あの男が鉄筋を蹴ったように見えたんだけど……」

「いやいやいや、鉄筋蹴るって……それ、無事じゃねぇだろ？　見ろよ、ピンピンしてるじゃねぇか」

「わ、私もそう見えたけど……」

予想以上に目立ってしまったが、こればかりは仕方ない。

しきりに頭を下げる女性と別れ、佳織たちと合流すると、佳織は複雑そうな表情を浮かべていた。

「その……優夜さんがすごいのは知っていますが、あんな躊躇いもなく危険な場所に行かれると、心配してしまいます」

「あ……その、ごめん」

「？　何故。謝罪、不要。ユウヤなら、大丈夫」

「そういう問題じゃないんですよ」

佳織に諭されるように告げられるユティだが、ただ首を捻るだけだった。

ただユティの服を買いに来ただけだというのに、もうすでにあり得ないくらい疲れている俺は、ようやく目的地にたどり着いた。

――――だが、ここでも俺に試練が待ち受けていた！

「あ、あの……佳織さん？　俺もここにいなきゃダメですかね？」

「？　もちろんですよ」

女性用の服屋さんなので、女性客が多いのは当たり前だ。

だが……男性が俺しかいないのだ！

「ね、ねえ、あの人……」

「あれ、前に雑誌で美羽さんと写ってた人じゃない!?」

「ヤバ、あの写真加工してるのかと思ったけど、リアルでかっこいいじゃん……」

「あれかな、彼女さんの買い物に付き合ってるとか？」

「マジ羨ましい！」

気のせいだと信じているが、心なしか周囲の視線が多い気がする……！

とても居心地の悪い中、佳織と一緒に服を見ているユティをただひたすらに待つことしかできなかった。

「お、お客様、お待ちください！」

「ユティさん、ダメですよ！」

「ん？」

急に店内が騒がしくなり、思わずその方向に視線を向けると……。

「ユウヤ。これ、どう？」

「へ？　ブッ⁉」

そこには、白い下着姿で仁王立ちするユティが！

「ゆ、ユティさん⁉　服着て！」

「？　疑問。私の下着、確認する。なら、服、不要」

「男の俺に確認させないでくれる⁉」

「何故？」

「何故⁉」

どういう理屈でそうなった⁉

必死に顔を逸らす俺だが、ユティはここに来て『弓聖』の弟子である身体能力を駆使し、俺にしっかりとその姿を見せようとする。

「不服。何故、見ない」

「見なくてもいいでしょ⁉」

「？　ユウヤが、買う。なら、確認が必要」

「これに関してはいいの……！」

俺が買うからって律儀に見せなくても……！

必死にユティと格闘していると、そこに佳織と店員さんが来てくれたおかげで、何とかユティから逃げきることができた。

そして無事、ユティの下着や服を購入するも、ユティはまだ納得がいってないようだった。

「理解不能。買うの、ユウヤ。なら、確認は必要なはず」

「そういう問題じゃないから……」

「……これは、予想以上に色々と教えることがありそうですね……」

他にも日常品などを買いそろえた俺たちは、そのまま佳織の言う通り直接『王星学園』の学園長にして佳織の父親である司さんに話に行き、無事にユティの編入が決定するのだった。

第二章　王都の異変

佳織のおかげでユティの中等部編入が決まったこともあり、俺は佳織へのお礼を果たすため、異世界の【大魔境】に佳織の装備を求めてやって来た。

正直、佳織用の装備とはいえ、俺の着ている【血戦鬼シリーズ】のような鎧は想定していない。レベルアップして、ステータスが高くなった俺だからこそ着れているが、佳織には厳しいだろう。

だからこそ、佳織用の装備となると強力な効果を持つアクセサリーなんかになるんだろうが……そんな都合のいいアイテム、手に入るのかね……。

とはいえ、今週の土日までに用意できればいいので、多少時間があるから、ひとまずはこの【大魔境】の魔物から手に入るドロップアイテムを狙ってみることにする。

【大魔境】の魔物は強いからこそ、手に入る装備の効果も強力で、まだ俺の手に入れてないアイテムの中に佳織用にピッタリなものがあるかもしれない。

ただ、これは不確定要素が多すぎるので、最悪、王都に行けば、佳織にピッタリな装備も見つかると思っている。まあほぼ確実にこの結果に落ち着きそうだけど。

まあでも……。

「今回は佳織用の装備を手に入れるために、この【大魔境】の魔物と一通り戦ってみようと思います」

「ワン！」

「フゴ」

「了解」

俺の言葉に、ナイトとアカツキ、そしてユティが頷く。……え？

「あの、ユティもついてくるのか？」

「？　ダメ？」

「いや、ダメというか……その『邪』の力が消えたわけじゃないのなら、あまり戦闘はしないほうがいいと思うんだが……何かの拍子に暴走したら怖いし……それに、この間の戦闘でだいぶボロボロになったんだし、休んでたほうがいいんじゃ……」

「大丈夫。暴走するきっかけは、戦闘じゃない。それに、この間の傷ならとっくに癒えてる。豚のおかげ」

「フゴ？　ブヒ」

理由は分からないが、褒められたことだけ察したアカツキが、可愛らしく胸を張った。

確かに、ユティの『邪』の力を静めた時のアカツキが使用したスキル【聖域】は、傷なんかを癒すんだったな……。

「とにかく、心配いらない。それに、今静まってる時だからこそ、何かあった時に抑え込めるように修行しておきたい」

「な、なるほど？」

俺には『邪』の力というものがどういう扱いなのか分からないので、ここはユティの言葉を信じるか。それに、仮に暴走したとしてもアカツキの力があれば、抑え込めるだろう。

そう考えた俺は、改めてこのメンバーで佳織の装備を探しに、【大魔境】に足を踏み入れるのだった。

＊＊＊

いつも探索している方向だとさすがに新しい魔物もいないだろうということで、【大魔境】の中でもミスリル・ボアなどが出てくるような奥地に出向いている。

しばらく周囲を警戒しつつ、魔物の気配を探りながら歩いていると、不意にユティが立ち止まった。それとほぼ同時に、ナイトも警戒を強くする様子を見せる。

「ん？　どうした？」

「……魔物」

「ウォン……」

俺にはまだ分からないが、どうやら二人は魔物の気配を察知したようだ。というより、やはりユティの実力は底知れないな……『邪』の力がない状態でも、ナイトと同レベルの気配察知能力を持ってるんだし……。

ひとまずユティたちが察知した気配のほうに、各々気配を消しながら近づく。アカツキには【姿隠しの外套】も忘れない。

警戒しながら近づくと、そこには一匹のウサギがいた。

ただし、俺やナイトの師匠であるウサギ師匠とは違い、毛の色は黄色で、さらにはタキシードを着てシルクハットを被っており、胸元には赤い蝶ネクタイという非常に変わった姿だった。

「なんだ？　あの魔物……」

あまりにも不思議な見た目に思わずそう呟くと、ユティが目を見開いてその魔物を見ていることに気づいた。

「あれは……【ファンタジー・ラビット】」

「ふぁ、ファンタジー・ラビット？　強いのか？」

「否定。この【大魔境】の中なら、最弱といってもいい。他の場所でも、とても弱い部類。ただ……見つけることが困難で、別名【幸運兎】と呼ばれてる」

「【幸運兎】ねぇ……」

　俺はユティの説明を聞きつつ、ファンタジー・ラビットに【鑑別】のスキルを使用した。

【ファンタジー・ラビット】
レベル：77、魔力：７７７、攻撃力：７７７、防御力：７７７、俊敏力：７７７、知力：７７、運：７７７
スキル：【最大化】、【最小化】、【危機感】、【緊急回避】

　本当に運のよさそうなステータスだった。いや、実際の運の数値は低いんだけどさ。

　それよりも見慣れないスキル構成で、興味がある。

「【最大化】とか【最小化】って……体のサイズを変えられるのか？」

「肯定。敵に見つかった際、大きくなって脅かして逃げるか、小さくなって隠れながら逃げるかのどちらかを選択する。でもそれより厄介なのが、【危機感】と【緊急回避】のスキル」

「え？」

「【危機感】のスキルは、極めて薄い殺意、敵意、害意であっても察知することができる。だから、倒すには死角から殺意などを悟らせずに殺すか、逃げられない速度の一撃で殺すかのどちらか。でも、もう一つの【緊急回避】のスキルが、殺意などを察知した瞬間、ファンタジー・ラビットを安全圏まで転移させる。結局殺す手段は一つで、殺意などを消すしかない」

「そんなのどうするんだよ……」

殺意や敵意を消すってできるの？　殺そうとか、殴ろうとか、そういう相手に害を与えようとした時点で察知するようなものだろう？　俺にはとても無理そうなんだが……。

ユティの説明を受け、今の俺ではとても倒せそうにないと悟り、思わずため息をついた。

「はあ……どんなドロップアイテムを落とすのかは気になるけど、ここは大人しく立ち去ろうか」

「？　何故？」

「な、何故って……無理じゃない？　敵意とか悟らせずに倒すのって……」

「注目」

ユティは短くそう口にすると、先日、俺が返した自身の弓を構えた。

そして静かにファンタジー・ラビットを見つめると……。

「――――」

鋭い矢を放った。

その矢は一瞬にしてファンタジー・ラビットの首を貫き、そのままファンタジー・ラビットは光の粒子となって消えていった。

それを見届けると、ユティは小さく息を吐きだす。

「回答。殺意も敵意も害意も排除して、殺せばいい」

「なんだその理論」

いや、言ってることの意味は分かるが、できるかと言われるとそうじゃないだろ。むしろ無理だって。

そんなことを考えていると、俺はふとあることに気づく。

「あれ……？　もしかして今の技術が俺たちと戦うときに使われてたら、勝てなかったんじゃ……？」

「否定。あの時は『邪』の力を抑えられなかったから、『邪』の力の気配を上手く隠せなかった。でも今は『邪』の力が静まっているから、殺意を消すことができる。『邪』の力は、殺意や敵意などによく繋がっている」

「なるほど……」

嬉しくないが、ある意味『邪』の力に助けられたんだな、俺たち。いや、そもそも『邪』の力を手に入れてなかったら、襲われる心配もないのか。

「それより、ファンタジー・ラビットのドロップアイテムを確認する。何故か、いつも私が一人で倒した時より多いけど……」

まだハッキリとしたことは分からないし、ユティのステータスは確認してないからなんとも言えないけど、少なくとも俺の運のステータス値は高くしてあるから、それが作用したのかもしれない。とはいえ、倒したのは俺自身じゃないから、ハッキリとは言えないけど。

全員でファンタジー・ラビットのドロップアイテムを回収し、確認していく。

【幸運兎の黄毛】……**ファンタジー・ラビットの毛皮。非常に肌触りがよく、この毛皮で作られた外套は貴族の間で大変人気であり、超高額で取引される。ただし、ファンタジー・ラビットの存在自体が希少であるため、世の中に出回るのは非常に稀。**

【大小変化の丸薬】……**ファンタジー・ラビットのレアドロップアイテム。この薬を飲むと、自分の大きさを自由自在に変化させることができるようになる。効果は永続。**

【危機回避の指輪】……ファンタジー・ラビットのレアドロップアイテム。この指輪を装備している者は、一日に一回だけ、装備者の危険を察知した瞬間、装備者を安全圏まで転移させることができる。安全圏は、事前に設定しておく必要がある。

【ラッキーローブ】……ファンタジー・ラビットのレアドロップアイテム。装備者の運に補正がかかる。

これに加え、Ｄ級の魔石という【大魔境】では初めて見るようなランクのモノを手に入れたワケだが……。

「これ、かなりとんでもない装備なんじゃないか……？」

「肯定。そして予想外。直接強くなるわけではないけど、それでも安全が確保されるというのは本当にすごい」

ユティの言う通り、いきなり超絶パワーが手に入るとかではないが、それでも設定した安全圏まで危機的状況になったら自動で転移してくれるというのは、破格すぎる性能だろう。佳織の装備にはこれ以上ないものだ。

この指輪の安全圏設定を異世界の賢者さんの家にしてしまえば、本当に安全だし。

それに、地味に【ラッキーローブ】という装備アイテムもありがたい。見た目は地味な茶色いローブなのだが、運に補正がかかるのはいい。佳織でも気軽に着ることができそうだ。

ただ……。

「この薬は何に使うんだ……？」

「不明」

「そりゃそうか……でも、今の俺達には必要ないかな……？」

大きくなったり、小さくなったりするのは気になるが、自分で飲んでみようという気にはなれない。万が一、地球で大きくなっちゃったりしたら、目も当てられない。そんなことはないとは思うが、なるべくそういった可能性は排除したい。

「でも何かには使えるかもしれないから、持ってはおこう」

例えば、敵が強くて倒せないってなれば、もしかしたら大きくなればその分攻撃も強くなるだろうし。

ひとまず目的のモノを手に入れた俺たちは、そのあとも少しだけ探索を続け、魔物を相手にナイトとの連携を確認したり、ユティの戦闘姿からいろいろ学んだりと、充実した時間を過ごすのだった。

＊＊＊

「――――というわけで、佳織用の装備を手に入れることができたよ」

「これが……」

佳織との約束を果たした俺たちは、手に入れたアイテムを佳織に渡した。

すると、佳織は恐る恐る受け取りつつも、感動した様子で目を輝かせる。

その様子に満足しつつ、ちゃんとアイテムの説明をした。

「それで、まずその指輪なんだけど、持ち主に危険が迫ったら、強制的に安全圏まで転移させてくれるっていう効果を持ってて、何かあってもこれなら大丈夫だと思う。その安全圏も、この家を設定してるから」

「な、なんだかすごい効果ですね……」

佳織の言う通り、指輪の効果は破格だよな。正直、俺も一つ欲しいが、あの後はファンタジー・ラビットと一度も出会えてないので、佳織の分しかない。

「後、そのローブなんだけど、効果は佳織の運ステータスに補正が入るみたいなんだ。それがどれほどの効果を発揮するかは分からないけど、ないよりは全然マシだし、何より佳織の服……というか、地球の服はこの世界じゃ目立つからさ」

「魔法やスキルに意識をとられがちですが、確かに文化の違いもあるでしょうし、服のデザインや技術力も違うんでしょうね」

「そういうこと。まあ全部隠すのは無理でも、このローブを羽織ってたらある程度は服を隠せるしね」

「ありがとうございます！」

佳織は明るくそう口にした後、すぐに表情を曇らせた。

「その……今さらこんなことを言うのもおかしいのですが、本当によかったんでしょうか……？」

「え？」

「優夜さんに無理を言ってるんじゃないかって……それに、このいただいたアイテムもどう考えても貴重だと思うようなものばかりですし……」

「いや、いいんだよ。佳織には散々お世話になったからさ」

実は、ユティの編入以外にも、佳織には今日この日までとても世話になったのだ。

佳織が手伝ってくれたからこそ、以前よりユティが地球で生活していく上での心配は減った。

……まあそれでも不安なのは間違いないけど。

そんな風に思っていると、一緒に王都まで行くということもあり、元々着ていた白いワンピース姿のユティが小さく頷いた。

「肯定。私、カオリのおかげで、色々知れた。だから、今度のガッコウ、って場所も楽しみ。ありがとう」

「ユティさん……」

直接お世話になっていたユティ自身も、佳織にはすごく感謝しているようだ。

「……分かりました、それでは有難く使わせていただきますね」

そう言いながら、佳織は指輪をつけ、ローブを羽織った。

「よし、佳織の用意もできたみたいだし、さっそく行こうか」

「はい！　それで、王都までどれくらい時間がかかるんですか？」

「あ、それなんだが、普通に歩いていくとその移動だけで一日が終わっちゃうから、今回は転移魔法を使って移動しようと思う」

「転移魔法ですか？」

転移魔法というものを一度も説明していないため、佳織は首を傾げるだけだったが、ユティは目を見開いて固まっていた。

「……驚愕。本当に、転移魔法が使えるの？」

「え？　まあ……」

「もし本当なら、ユウヤはとんでもない。『魔聖』でさえ、たぶん不可能。もちろん、魔法でなく、スキルなどで似たような効果を発動することはできるかもしれない。それこそ、カオリに渡した指輪の効果がまさにそう。でも、それは完全に個人だけに適用されるから、転移魔法ほど応用性はない」

「そ、そうなのか……」

レクシアさんにも散々言われたけど、やっぱり転移魔法ってヤバいんだな。いや、だから人目につかないように使ってるわけだけど。バレたらヤバいが、使わないには惜しすぎる力だからね。

「ま、まあ今回は周囲にバレない様に、王都に直接っていうよりは、少し離れた位置に転移するんだけどね」

それこそ、前回王都を訪れた時に使用したスポットがいいだろう。あそこは人気もなかったし。

そんなこんなで実際に転移魔法を使用する。

すると、俺たちの目の前の時空が歪み、人ひとりが通れるサイズの空間が生まれた。

その向こうには、今俺たちがいる場所とは違う風景が広がっており、その先には王都が見えた。

改めて佳織たちはこの転移魔法に驚いたが、すぐに佳織は目の前に現れた異世界の街に

目を奪われるのだった。

＊＊＊

「ここが、異世界の街なんですね……！」

無事、王都に入ることができると、佳織は周囲を忙しなく見渡しながら目を輝かせた。

「カオリ、そんなに見回すと目を回す。気を付ける」

「はっ！　そ、そうですね。つい興奮してしまいました……」

「カオリ、子どももみたい」

「……いや、ユティも地球じゃ似たような反応だったからな？」

「………知らない」

実際、ユティが地球の俺の家から初めて出たときは、佳織なんかとは比べ物にならないほどソワソワ……いや、暴走しかけていた。

家の塀や電柱には登ろうとするし、あまりにも周囲を見回しすぎて首がとれるんじゃないかと思わず心配しそうになるほどだ。

「それにしても……王都に来てから思い出して、慌てたんだけど……ユティがいても問題なく入れたな」

本当にやってしまったなと思ったのだが、ユティはレイガー様を殺そうとした張本人なのだ。

そんなことを今の今まで忘れていた俺は、入り口で手続きをしている最中にそのことを思い出し、盛大に焦ったのだが……。

「無視。入れたのなら、それでいい」

「いや、そりゃそうなんだが……」

「予想。私のこと、末端の兵士にはまで知られてない。だから入れた」

「うーん……そうなのかね……？」

実際、ユティの戦闘力から考えると、ユティが本気で動けば普通の兵士さんじゃまずその動きを捉えることすらできないだろう。

何だか門番というか、兵士さんたちが慌ただしくしていたのが少し気になったけど……。

まあ、まだどうなるか分からず怖いが、気にしても仕方ないので一旦そこで俺は思考を打ち切った。

すると、ユティから忠告されたにもかかわらず、もう我慢できずに再び周囲を眺めていた佳織が、ふと何かに気づいたようだった。

「あの、優夜さん」

「ん？　どうした？」

「その……この街はいつもこんな感じなんですか？」

「こんな感じって？」

「いえ、その……街全体がかなり慌ただしいように思えたので……こう、活気があるのとはまた違った慌ただしさのような……」

「んー……」

言われてみれば、そんな気がする。

先ほどの門番さんたちも慌ただしかったが、改めて街の中を見渡すと街の人も忙しなく行き交っている。

しかも、談笑してる風景が今はなく、なんというかとにかく余裕がない様子にも思えた。

「確かに、何かあったのかな……」

「――――ユウヤ殿!?」

「え？」

周囲の様子を見ていると、不意に声を掛けられた。

すぐに声のほうに視線を向けると、驚いた表情を浮かべたオーウェンさんが立っていた。

少しの間、俺がこの場所にいることへの驚きで固まっていたオーウェンさんは、俺に駆け寄ってくる。

「ユウヤ殿、どうしてここに⁉」

「いや、佳織がこの街を見たいと言うので、観光に……」

「カオリ殿が……それに、か、観光ですか……」

俺の言葉にオーウェンさんは少し驚いた後、俺の後ろで興味なさそうに立っているユティに視線を向け、慌ててその場から飛び退いた。

「ゆ、ユウヤ殿！　そこの女は……！」

「え？　あ、違うんです！」

「何が違うんですか⁉　その女は、レイガー様を――」

うわあ、確かにオーウェンさんはユティの顔を間近で見てた一人だった……！

オーウェンさんの剣呑な雰囲気に、周囲の人たちや他の兵隊さんたちまでがなんだなんだと集まってきてしまい、ますます事態が悪化している。

この状況に佳織はオロオロしているが、当の本人であるユティはまるで気にした様子がない。いや、貴女のことでこうなってるんですけどね！

「お、オーウェンさん、説明しますので、どこか別の場所で……」

「……いいでしょう。どのみち、ここでその女に暴れられたら我々では対処できないので

「……」

少し悔しそうにしながらも、ひとまずオーウェンさんは俺の言葉を聞いてくれた。そして、そのままオーウェンさんに連れられる形で人気の少ない場所まで移動した。

そして、そこでユティが俺の家に襲撃してきたことや、『聖』や『邪』といったことまで、ちゃんと説明した。

すべてを聞き終えたオーウェンさんは、頭を抱える。

「まさか、『邪』なんていうおとぎ話のような存在まで出てくるとは……というより、どうしてこうもユウヤ殿の周りに危険な者たちばかりが集まるのか……ともかく、もはや一国だけの手に負える問題ではないですぞ……」

「な、なんかすみません……」

「いえ、ユウヤ殿が謝ることではないのですが……それに、ユウヤ殿が『聖』を冠する存在の弟子だとは……」

「それに関しては気づいたらなっていたというか……」

いやね？　最初はウサギ師匠から蹴りの修行をつけてもらえるとはいえ、ここまで『邪』なんて存在の相手と関わるとは思いもしなかったわけですよ。

それがこんなに巻き込まれて……。

思わず遠い目をしていると、オーウェンさんが未だ少し警戒した様子で訊いてくる。

「それで、その女……ユティ、でしたか？　は、大丈夫なんですか？」

「それは……」

「心配無用。もう、第一王子にも、この国にも興味はない。私は、『邪』を倒す。それだけ」

「ユティさん……」

すると、今まで我関せずだったユティが口を開き、そう言った。

その言葉に、佳織はどこか悲しそうな表情を浮かべた。

ユティの詳しい事情を佳織は知らないが、それでもユティの瞳や、その声音から、ユティの抱えるモノの重さを察したのだろう。俺としても、『邪』のことを忘れて、生活してほしいとは思うが、こればかりは難しいだろうし、俺が簡単に口出ししていい内容でもないしな。

ユティの態度に、オーウェンさんも軽く目を見開いた後、ため息をついた。

「はあ……私の立場としては、王国の法律に則って逮捕したいところですが……実力的にまず不可能ですし、何やら込み入った事情があるようですね。今はユウヤ殿とユティの言葉を信じましょう」

「あ、ありがとうございます！」

よかった！　これ、下手したらというか、普通なら間違いなく共犯扱いで俺まで捕まってただろうしね。

ひとまずユティのことで安心したところで、俺は今の街の雰囲気の原因について訊くことにした。

「ところで、俺たちはさっきこの街に着いたばかりなんですけど、どうしたんですか？なんだか前に来た時と違い、慌ただしいようですが……」

「あ、ああ。そのことなのだが……」

そこまで言いかけ、オーウェンさんは何かを思いついた顔をした後、俺に頭を下げた。

「ユウヤ殿！」

「え、何⁉　どうしたんです⁉」

「どうか、ユウヤ殿の力を貸していただけないだろうか⁉」

「へ？」

話が分からず、思わずそんな間抜けな返事をしてしまう。

困って佳織たちに視線を向けるも、ユティも佳織も同じく困惑していた。ナイトたちは……うん、いつもと変わらない。

「その、どういうことか説明していただけますか？」

「……実は、このアルセリア王国の近くに、伝説の竜が眠ると言われる渓谷があるのですが……」

「はあ……」

「はい。その伝承にある伝説の竜が、目覚めたかもしれないのです」

「………はい？」

え、伝説の竜が……目覚めた？

「……えええええええ!?」

「りゅ、竜って……えええ!?　架空の生き物じゃなかったんですか!?」

俺もこの世界に来て、一度も竜を見たことがないので、佳織と同じように驚いてしまう。しかも、ただの竜じゃない。伝説の竜だ。

「ちょ、ちょっと待ってください！　伝説のって……どういうことですか？」

「もちろん、おとぎ話の類の迷信だと思われていたのだが……どうやら実在したらしい……」

「なんてこった」

オーウェンさんのげっそりとした様子から、嘘ではないことが見て取れた。おいおい、マジか。

いや、俺からすると伝説だろうがそうじゃなかろうが、竜っていう時点で驚きなんだけども。

しかし、やはり伝説と言われるだけあり、今まで興味なさそうだったユティですら、目を見開き、固まっていた。

「それで言えば、私としては『聖』や『邪』といった存在も十分おとぎ話の世界なのだがな……」

「驚愕。話だけは聞いたことがある。でも、迷信だと思ってた」

はい、どうやら今さらみたいでした。

俺はピンときてないけど、『聖』と『邪』って存在も普通に考えれば伝説クラスなのね。

そう考えると、賢者さんってどんなレベルなんだろうか？　気になるな。

「えー……その、伝説の竜が存在したとか、しかも目が覚めたとか色々驚くことはありますが……街の雰囲気を見るに、あまりいいことではないんですね？」

「そう、だと思われる」

「思われる？」

なんとも曖昧な回答に、思わず聞き返すが、オーウェンさんは険しい表情を浮かべつつ、答えた。

「情けない話だが、それが分からないのだ」

「え？」

「なんせ迷信だと思われていた存在ですからな。人間たちにとって友好的なのか分からないのです」

「な、なるほど……」

オーウェンさんの言葉に思わず納得していると、後ろで聞いていた佳織が口を開いた。

「あの、伝説の内容ってどんなものなのですか？」

「む？　伝説の内容と言われても、『創世と共に存在する竜、ここに眠る』……ただそれだけなのだ」

「そ、創世って……」

この世の始まりと同じだけの時を過ごす竜ってこと？　何歳なのさ。いや、むしろ寿命とかどうなってるんだ？

「それじゃあ確かに何も分かりませんね……」

「ああ。それに、目覚めたかもしれないと言ったように、それもまだハッキリと分からないのです」

「では、何故目覚めたと思われてるんですか？」

「世界が揺れたかと錯覚するほどの咆哮が轟いた後、その渓谷に生息する魔物が、何かから逃げるように移動を開始し始めたのです」

「そうなんですか？」

「ユウヤ殿の家まで聞こえませんでしたか？　王都ではその咆哮の衝撃だけで家の壁や、城の城壁が崩れるほどの被害だったのですが……」

「そんなに酷かったんですか!?　でも、俺は聞いてないです。ユティも聞こえてないよな？」

「肯定。そんな声は聞いていない」

「おかしいですね……あの声の大きさであれば、確実に【大魔境】にまで届くと思ったのですが……」

　ブラッディ・オーガが賢者さんの家を襲ってきたときは、確かに声が聞こえたから、声だけ遮断するなんてことはないと思うんだが……いや、待てよ？

　オーウェンさんの話通り、家の壁だけでなく、城の城壁さえ壊してしまうような咆哮なら、それは攻撃とみなされ、賢者さんの家の効果として遮断されてもおかしくないのか？

　もしそうなら伝説の竜の咆哮すら軽々と防げる賢者さんは本当にヤバいというか、すごいというか……。

「とにかく、その伝説の竜が本当に目覚めたかどうかを確認するため、我々騎士団が渓谷を調査することになったのです。しかし、先ほども言った通り、渓谷の魔物が何かから逃げるように移動した結果、周辺の村々が襲われ、その対応に追われ、渓谷の調査にまで手が回らないのです。さらには元々その渓谷の奥地にはより凶悪な魔物が多く生息しているため、調査自体が難しく……そういった場所だからこそ、伝説の竜が存在したのかどうかを今まで調べることすらできなかったのですが……」

「なるほど……」

「そこで、伝説の竜が眠る渓谷以上に危険な【大魔境】で生活しているユウヤ殿に、ぜひともその調査を手伝っていただきたいのです！」

「……え？　【大魔境】ってそこよりヤバいんですか⁉」

危険だとは散々言われてきたけど、本当にどうなってるんだ、【大魔境】。

オーウェンさんの言葉を聞き、そんな危険な場所に俺の家があることを知らなかった佳織が、顔を青くした。賢者さんの効果で守られてると説明したところで信じてもらえるかどうか……。

「その……お話を聞いている感じ、俺の力が通用するとはとても思えないんですが……」

「そんなことはないですぞ！　出てくる魔物は【大魔境】のブラッディ・オーガクラスばかりですから」

「あ、それなら大丈夫そうですね」

「……まあ、我々からするとブラッディ・オーガは死を覚悟する魔物なのですが」

「え？」

オーウェンさんが小さい声で何かを呟いていたが、俺は聞き取ることができなかった。なんて言ったんだ？

それはともかくとして、俺としては困っているのならオーウェンさんたちの手伝いをしたいが……。

「あの、その渓谷って王都からどれくらいの位置にあるんですか？」

「そうですな……【大魔境】とは反対側なのですが、だいたい半日かからない程度でしょうか」

「半日ですか……」

今から行けば、渓谷にたどり着けはするが、今日丸一日かかってしまうだろう。そうなると、今日は王都の観光ができなくなってしまう。

そんなことを考え、ふと佳織のほうに視線を向けると、佳織は真剣な表情で俺を見ていた。

「あの、優夜さん」

「ん？」

「もしよろしければ、その依頼を受けてください」

「え？」

「今こうして困っている方たちがいて、優夜さんの力を求めているのであれば、ぜひその力になってあげてほしいと思うんです。王都の観光はまた別の機会にすればいいですし」

「佳織がそう言うなら、俺としても力になりたいからありがたいんだけど……」

「それに、私もその伝説の竜が気になりますしね！」

「『え？』」

佳織の言葉に、俺だけでなくオーウェンさんまでもが目を点にした。伝説の竜が気になるって……まさか⁉

「佳織もついてくるのか⁉」

「ダメですか？」

「ダメっていうか、普通に考えて危ないだろ？」

「大丈夫ですよ。優夜さんから頂いた指輪もありますし！」

でも、さすがに伝説の竜とかとんでもない存在がいる場所に連れていくのは気が引けるというか……。

「ユウヤ。私も行く」

「え、ユティも？」

すると、ユティも変わらぬ表情でそう告げてきた。

「肯定。伝説の竜、私も気になる。それに、危険な場所なら、戦力になる」

「ううむ……私としては複雑だが、ユティの実力は我々より圧倒的に上だからな……今の状況としては非常に助かるが……」

渋面を作ったオーウェンさんが唸る中、ユティは気にした様子もなく続ける。

「便利。私がいれば、カオリの護衛もできる」

「え、佳織のこと、守ってくれるのか？」

「当然。カオリ、あの世界で、私に色々教えてくれた。だから、守る」

「ユティさん……」

佳織はユティの言葉に感動した様子で、そう呟いた。

うーん、ここまで言われたら、俺としても断るのは難しいというか……確かに、佳織には俺たちが渡した指輪もあるから、大丈夫なのかな？

「……分かった、佳織も一緒に行こう」

「はい！」

「というわけで、オーウェンさん。俺たちもその調査に参加しますよ」

「おお、そうですか！　それは非常にありがたい！」

「ただ、できればこれから出発してしまいたいのですが……」

「そういうことでしたら、渓谷までの地図をお渡しします。あと、本当に今すぐ行かれるのでしたら、食料なども用意しておくことをお勧めしますぞ」

そんな忠告を受けつつ、俺たちはオーウェンさんから地図をいただいた後、さっそく渓谷に向けて出発した。

オーウェンさんが言っていた食料は、転移魔法で家に帰ればなんとかなるので、大丈夫だろう。

それよりも……本当に竜がいるのか、少しワクワクする俺がいるのだった。

第三章　伝説の竜

王都から半日かかる位置に渓谷があると言われた通り、俺たちは半日かけて渓谷の入り口までやって来た。

ちなみに、半日というのは歩いてではなく、馬車を使用しての時間だ。

これがその渓谷に一度でも行ったことがあれば、一瞬で着いたんだが……残念ながら初めての場所なので、そうもいかない。

そのため、オーウェンさんの計らいで馬車に乗せてもらい、渓谷近くで降ろしてもらったのだ。

確かに、あの距離を歩くとなると俺やユティ、ナイトたちならともかく、佳織にはつらかっただろうから本当にありがたい。

「うぅ……馬車には初めて乗りましたが、こんなにお尻が痛くなるんですね……」

俺は一度乗ったことがあるが、佳織ほど痛いとは感じなかった。というのも、恐らくステータスの差が大きく関係しているのだろう。

「えっと……大丈夫か？　少し休んで行く？」

佳織の体調に合わせて進むことを事前に決めていたので、そう訊くと、佳織は首を横に振る。

「いえ、大丈夫です！　それより、早く伝説の竜に会いに行きましょう！」

目を輝かせ、渓谷を指さす佳織に、俺は苦笑いを抑えられなかった。

なんていうか、ここに来て初めて知ったが、佳織は案外冒険心が強いんだな。

地球でもあまり世間慣れしてないところがあるから、こういった新鮮なものに興味津々なんだろう。いや、佳織だけじゃなく、俺も伝説の竜に関しては興味津々ではあるが。

ただ、まだ友好的かどうかも分からないので、ここは慎重に行くべきだろう。

「忠告。カオリ、私やユウヤの近くにいて」

「は、はい！」

「ナイトも佳織のことを見てやってくれ。アカツキは……うん」

「ワン」

「フゴ⁉」

ナイトは元気よく返事するのに対し、アカツキは心外だと言わんばかりに地団駄を踏んだ。だって……アカツキが戦う姿は想像できないし、今までも戦ってるところ見たことないし……。

「いや、アカツキは俺たちが傷ついたら、しっかり癒してくれよ？」

「フゴ？　ブヒ」

すぐにそうフォローを入れると、アカツキは仕方ないなといった様子で、得意気に鳴いた。可愛い。

こうして準備ができた俺たちは、いざ渓谷に足を踏み入れた。

＊＊＊

「――――ユウヤ。魔物、そっちに行った」

「分かった……！」

渓谷に入って少ししてから、オーウェンさんから話を聞いていた通り、魔物が次々と襲い掛かってきた。

それも、普段戦い慣れている【大魔境】とは大きく違い、魔物の種類も初めて見るモノばかりだった。

今戦っている魔物も、この渓谷に入って初めて見る種類で、【ハングリー・ファング】という涎を垂らした狼型の魔物だった。

この魔物は、ナイトのように毛が多くは生えておらず、全体的にかなり痩せており、群れで俺たちに襲い掛かってきている。

だが、事前にオーウェンさんが言っていた通り、戦闘力に関してはブラッディ・オーガ並みだったので、冷静に対処できた。

襲ってきていたハングリー・ファングの群れを倒し終え、一息つく。

「ふぅ……倒すのは問題なさそうだけど、勢いが怖い魔物だったな……」

「肯定。ハングリー・ファングは、常に飢えてるから、獲物を狩るときの勢いはすごい」

「なるほどなぁ……っていうか、ドロップアイテムは魔石だけなんだな……」

ハングリー・ファングが消えた場所に残っていたのは、B級の魔石だけだった。ブラッディ・オーガからは今着ている鎧とか手に入ったことを考えると、同じランクとはいえ倒すのは完全に割に合わない。

「いつも色々アイテムが落ちるから、こうして手に入らないとガッカリ感がすごいな」

「否定。いつも、アイテムが落ちるユウヤがおかしい」

「え？」

そうなのか？　普通に倒すたびに相手は何かしらのアイテムを落としてたけど。いや、レアドロップアイテムは中々落ちないんだろうなぁとは思うけどさ。

魔石を拾いつつげんなりしていると、ナイトたちに守られていた佳織が近寄ってきた。

「お疲れ様です。すみません、私は何もできなくて……」

「そんな、気にしないでくれ。ちゃんと守ると決めたんだしさ」

「肯定。カオリ、気にしなくていい。得意不得意がある」

「ありがとうございます」

そう言って、佳織は頭を下げた。

それにしても……数日前、『邪』の力を使って俺たちを襲ってきたとは思えないほど、ユティは佳織のことを気にかけてくれるな。まあ佳織も地球ではユティの世話をしてくれたわけで、そこで心を開いたんだろう。

なんにしても、人間を殺すと言っていたユティのことを考えると、いい傾向だろう。

「さて、渓谷に入ってから少し経ったけど、一度休憩もかねて食事にしようか。慣れない場所だし、早めに休憩したほうがいいと思うんだ」

「賛成。用心するの、大事」

「そうですね、それでいいと思います！」

ユティと佳織だけでなく、ナイトたちも俺の言葉に返事したので、改めて転移魔法を発動し、一旦賢者さんの家に戻ろうとしたところで、ふとユティに呼び止められた。

「ユウヤ」

「ん？」

「提案。ご飯、ここで食べる」

「え？」

「理由。自然の中での食事、とても美味。ここ、とても気持ちがいい」

ユティの言う通り、今俺たちが来ている伝説の竜が眠ると言われる渓谷は、両サイドを険しい岩山に囲まれているが、谷の部分周辺は自然に恵まれ、【大魔境】でも見たことのない植物や、谷を流れる川のせいか湿気が多く、苔が多い、そんな場所だった。

自然の中ということなら、【大魔境】も十分なのだが、この渓谷のように川の流れている近くでの食事というのは確かにできない。

「うーん……でも大丈夫かな？　ほら、料理の匂いで魔物を呼び寄せたりしないかな？」

「心配無用。私たちなら、対処できる。それでも不安なら、今、結界を作る」

「え？」

ユティの不思議な発言に思わずそう返すと、何やらユティは遠くを見つめているようにぼーっとし始めた。

そして……。

「……視えた」

「見えた？」

俺の言葉には反応せず、ユティは弓を構えると、その場で大量の矢を、空に放った。

「これで大丈夫」

「何が!?」

今の動きの意味がまるで分からず、俺はただただ困惑するしかない。

それは俺だけでなく佳織たちも同じで、それぞれが顔を見合わせてユティの思惑を測りかねていた。

すると、ユティがそんな俺たちの様子に気づき、教えてくれる。

「私は、未来が見える」

「へ？」

「もちろん、完全じゃない。でも、精度は高い。だから、その予測に合わせて獲物がやってくる瞬間に矢が当たるように、あらかじめ射っておいただけ」

「……」

ユティのぶっ飛んだ言葉に、佳織は絶句していた。そうだ……ユティは、そんなとんでもないことができるんだったな。だから、服を買いに行ったとき、親子の頭上に鉄筋が落

ちてくることも予知できたわけだけど。

いや、未来予測もそうだけど、その予測した未来に合わせるように先に矢を放つってどういうことなんだよ……。

そこまで考えた俺だったが、よくよく考えればユティと戦った時、そんな不可解な攻撃を受けたことをふと思い出した。

「ユウヤと戦った時にも、使った——ほら」

「え?」

ユティが森の茂みに視線を向けたのにつられ、俺と佳織もその方向に視線を向けると、突然そこから先ほど戦ったハングリー・ファングが涎を垂らしながら突撃してきた。

「うおっ⁉」

完全に油断していたので慌てて武器を構えようとすると、ユティは動いていないのに、ハングリー・ファングの眉間に矢が突き立った。

すると、ハングリー・ファングはそのまま光の粒子となり、消えていく。

「これが、結界」

マジだった。

いや、本当に『聖』を冠する存在ってどれもこれもヤバいな。いや、ユティは正式な

『聖』ではなく、弟子らしいけど……って弟子でこれならもっとヤバい。

　改めてユティの実力に戦慄していると、ユティは何てことなく俺に視線を向けた。

「安心。これで、この場所でおいしくご飯が食べられる。ユウヤ、料理作る」

「……はい」

　ひとまずユティのおかげで大丈夫そうなので、俺は大人しく料理の準備を始めるため、再び転移魔法を発動させ、歪んだ空間を俺の家まで繋げて移動した。

　もちろん、調理とかはすべて地球で行うので、どのみち戻らないといけないのだが、それは俺一人で大丈夫だ。

「さて、じゃあ作りますかね」

　何となく外で食べるご飯と言えば、バーベキューかカレーが浮かんだので、今回はカレーを作ることにした。

　ちゃちゃっと作り終え、再び渓谷に戻ると、周囲に転がっている大きめの石をナイトとアカツキが転がしており、よく見ると佳織たちがその石を使って簡単なテーブルとイスを用意してくれていた。

「用意してくれたんだ。ありがとう」

「い、いえ！　お料理の方は優夜さんに任せっきりでしたし、これくらいはしないと……」

そう言いながら佳織が笑うと、俺の手に持っている鍋から漂う匂いに気づいた。

「この匂いは……カレーですね！」

「そう。なんて言うか、外で食べるご飯っていうと、カレーが浮かんだからさ」

それこそ、この前行われた野外学習なんかはまさにカレーを作るもんだと思っていたわけで、まさか食材調達からさせられるとは思わなかったもんな。

「分かります！　ピクニックとかだと、サンドイッチやおにぎりですけど、キャンプのような場合はカレーのイメージですよね！」

「……不思議。嗅いだことのない匂い。ただ、この匂い、お腹が空く……」

カレーを知らないユティは、俺の鍋に興味津々で、お腹をさすりながらそんなことを口にしていた。確かにカレーってお腹が空く匂いしてるよな。

俺もお腹が減っているので、手早く持ってきた食器にカレーを盛りつけ、配膳する。

ユティは、目の前に置かれたカレーに、ますます興味深そうな表情で見つめていた。

「色も、不思議。本当に食べれる？」

「もちろん」

「……ん。少し、勇気がいる。でも、匂いは本当に美味しそう……」

確かに、カレーの色って、知らない人からすると……まあかなり勇気のいる色だよね。食べなれてる俺たちからするとなんともないんだけどさ。

しかし、いざ佳織やナイトたちが食べ始めると、ユティもようやく決心がついたようで、一口食べた。

「っ⁉」

そして目を見開くと、俺と佳織に興奮した様子で視線を向けてくる。

「これ、これ、美味。とても、美味」

「そ、そうか？　それはよかった。それと、一人で食べられてえらいぞ」

「ん。私、成長している」

「優夜さん、本当にお料理がお上手ですよね……とても美味しいです！」

二人から好評のカレーだが、言ってしまえば野菜を切って、市販のルーと一緒に煮込むだけだからな……まあ俺は一種類のルーじゃなくて、二種類のルーを使って作ってるから、少し味が違うのかもしれないけど。以前はそんな贅沢なことできなかったが、異世界のモノを換金してお金を得たことで、料理の幅というか、できることが広がっているのだ。

「はぐはぐ……ワン！」

「フゴ。フゴフゴ」

ナイトとアカツキも、カレーを美味しそうに食べているので、一安心だ。

皆が食べるのを見ていた俺も、自分の分を食べようとカレーを口に運び、一つ頷く。うん、美味い。

そんな感じでそれぞれがカレーを楽しんでいると、俺はふとあることに気づいた。

……美味しくてすっかり忘れてたけど、匂いで魔物とか寄って来たりしないよな？　ユティの結界があるとはいえ、大丈夫だよな!?

『グオオオオオオオオオオオオオオオオ！』

「「「ッ!?」」」

「ブヒィ！」

――ちょっと魔物どころじゃないモノの声というか轟音が響き渡った。

すると、轟音が俺たちに襲い掛かる直前に、何やらアカツキから【聖域】スキルが発動したような光が溢れだしたように見えたが、それを確認する余裕がない。

その轟音は周囲の木々や地面を揺らし、川の水が大きく水飛沫をあげる。

謎の轟音に俺たちは手にしていたカレーを思わず落とし、耳を塞いで頭を抱えた。

必死にその音に耐えていると、やがて衝撃が収まる。

それを確認しながら、俺たちは動き始めた。

「な、なんなんだ、今の音は⁉」

「不明。でも、普通じゃない」

耳を塞いでいたとはいえ、頭の中がぐわんぐわんするほど揺れていた。

「佳織、大丈夫か？」

「は、はぃ……何とか……その、アカツキさんが助けてくれましたから……」

「ブヒ」

やはり、アカツキが【聖域】スキルを発動させていたのは見間違いじゃなかったみたいだ。

俺やユティ、ナイトたちはある程度レベルがあるので我慢することはできるが、佳織は違う。

しかし、それを知っていたアカツキが、【聖域】スキルを佳織にかけることでそのダメージを軽減してくれたらしい。

「アカツキ、ありがとう。助かったよ」

「ブヒブヒ」

そうだろうそうだろうと言わんばかりに頷くアカツキだが、実際助かったのだ。それに、そうやって偉そうにしているアカツキは可愛い。

「あーあ……俺たちが食ってたカレーは全滅だが、鍋の中にあるのは無事みたいだな」

「無念……」

地面に落ちてしまったカレーを前に、ユティが悲しそうな声でそう呟いた。

「それにしても、さっきの音は何だったんだ？　どう考えても普通の音じゃないだろう……」

なんせ地面と木々が揺れ、中には音の衝撃に耐えきれず、へし折れている木すらあるのだ。本当にアカツキが佳織に【聖域】を使用してくれて助かった。【聖域】のスキルがなかったら、確実に佳織は今頃賢者さんの家に戻ってるだろうからな。

ひとまず全員の無事が確認できたところで、さっきの音について考えなきゃいけないのだが、そこで佳織が口を開いた。

「あの、今の音ですが……私には何かの鳴き声と言いますか……咆哮に聞こえました」

「咆哮？」

咆哮ってまさか……。

ものすごく嫌な予感がしていると、突如、俺たちに浮遊感が訪れる。

「へ？」

何事かと思えば、ズシーン……ズシーン……と、さっき以上の地揺れが起こっており、俺たちがその衝撃のたびに地面から浮いていることに気づいた。

顔を青くする俺と同じように、ユティも何かに気づいたのか、呆然と呟く。

「これは、予測不能。見えなかった。結界、何の意味もない……」

ユティが未来予測して放ってくれた矢だが、今起きている状況には何の役にも立たないのだ。

何故なら――――。

「ゆ、ゆゆゆ、ゆ、優夜、さん……」

「……」

もう何もかも察しているが、今の俺には動くことができない。何故なら、近づいてくる音と衝撃はどんどん大きくなり、俺たちはまともに立っていられなかったからだ。

「りゅ、竜が……！」

「驚愕。この竜、昔話の絵本に出てきた竜にそっくり……」

恐る恐る俺が後ろを振り向くと、映画や本で見たことある恐竜に近い形の口が目の前にあった。

「……」

『……』

深い紫色の、妖しい雰囲気のあるその竜の鱗は、何となく逢魔が時という言葉を彷彿とさせる。

どこか鋭利な印象を受ける形は、とても荘厳だった。

鼻息だけで吹き飛ばされそうな中、俺はその口の持ち主と目が合ってしまった。

竜そのものに興味はあったが、いざ目の前に現れると何もできない。しかも、これはどう考えても普通の竜じゃない。だって、大きさがおかしい。大きい。大きすぎる。

超高層ビルを横に寝かせたのと変わらないほど大きいのだ。

あまりにも大きいせいで、両サイドの岩山に体が完全に当たっているのだが、無理やり通ってきたのか、その岩山ですら削り取れ、崩れてきている。

何もかもが規格外。

その大きさだけでなく雰囲気、すべてに圧倒され、俺よりも強いユティや、ナイトとアカツキでさえ、硬直して動けないでいた。

そして……。

『グオオオオオオオオオオオオオオオオオ！』

目の前の竜は天高く首を上げると、空に目掛けてもう一度さっきの轟音を周囲に轟かせた。

そんなとんでもない状況を前にして、俺の思うことは一つだった。

はい、死にましたね。

だってどう考えても無理でしょ。

いや、元々戦う予定もなかったし、オーウェンさんからの依頼も調査だけだったけど、遭遇してしまったのだ。

頭が真っ白になり、何も言えないでいると、不意に先ほどの咆哮とは別の声が聞こえてきた。

『おい、そこの矮小な人間どもよ』

「…………へ？」

いきなり見知らぬ声が聞こえたことで慌てて周囲を見渡すが、声の主らしき存在はない。

だが、俺だけでなくユティたちにもしっかり聞こえていたようで、皆困惑した表情を浮かべている。

全員で声の主を探していると、再び声が聞こえてきた。

『人間の分際で、我を無視するとはいい度胸だな？』

「え？」

まさかと思い、俺は首が痛くなるほど空を見上げながら、竜の顔を見た。

「もしかして……アナタがしゃべってます？」

『いかにも。我が話しているのだ』

「竜がしゃべったあああああああ!?」

『なんだ、貴様。我がしゃべるのはそんなにおかしいか？』

本当にしゃべるとは思っていなかったので、俺は思わずそう反応してしまった。

「い、いえ、その……竜という存在そのものに初めて遭遇したので……」

『フン。その辺の竜どもと同じにされては困るが、我は確かにこうして貴様らの言葉を理解し、話すことができる。その意味が分かるか？』

「へ？　……が、頑張って人間の言葉を覚えたんですね？」

『どんな感想だ、それは!?』

俺の言葉に、何故か竜はそうツッコんだ。いや、だって……その意味が分かるかって言われても、それくらいしか浮かばないし……。

『ええい！　つまり、貴様らの言葉を理解できるということは、人間どもが我を侮辱するようなことを口にしたとしても、それらはすべて我にも理解できるということだ！』

「な、なるほど？」

『反応が薄い！』

どうしろと。

だって、別に目の前の竜のことを馬鹿にしたりするつもりもないし……。

俺と竜のやり取りを見て、佳織はオロオロするばかりだが、何故かユティは俺に何か言いたそうな目で俺を見ていた。なんだ、そんなに俺の反応はおかしいのか。

その視線に耐えられなかったわけじゃないが、ひとまず俺は竜に質問してみる。

「あの、俺たちに何かご用でしょうか……？　そもそも、眠っていたってお聞きしたんですけど、起きたのも何か理由が？」

『貴様、さっきの慌てっぷりはどこに消えた⁉』

「なんか一周して大丈夫になっちゃいました」

『大物だな⁉』

そりゃ最初は驚いたし、もうダメだって思ったけど、こうして意思疎通できるってわかったらなんか気持ちが楽になった。

そもそも、この竜が俺たちを殺したり、食べたりしようと思っていたのなら、今こうして話せていないだろうし。

『まあいい。我が起きてしまったのは、【聖】や【邪】の鬱陶しい臭いがしたからなのだが……まさかここに創世から生きる我ですら知らぬ匂いが漂っているとは思わず、その匂いにつられてきたのだ』

「に、匂いですか？」

『とぼける気か？　貴様の近くに落ちている鍋があるだろう。そこから漂っている』

「へ？」

俺は先ほどの竜の咆哮で奇跡的に無事だったカレーの鍋を見た。

「あの、このカレーのことですか？」

『かれー、とな？　なんだ、それは』

「えっと、俺たちの食事ですけど……」

俺の言葉を聞いた竜は、何故か顔をしかめる。というか、竜の表情ってわかりやすいんだな。

『フン、おかしなことを吐かすな。人間の飯なぞ、煮るか焼くかの二択ではないのか。味付けも塩や香辛料をふんだんにかければそれでいいと思っているのだろう？』

どこか馬鹿にしたような竜の言葉に、俺は首を傾げる。

もしかして、長年眠っていたから、人間の味覚や調味料が変化していることを知らないのかな？

確かに昔はそうだったかもしれないけど、長い年月の中で人間たちも独自の調理法を編み出し、様々な料理を研究してきているのに。まあこの世界ではまだそこまで料理技術が発達していないのかもしれないけど。

「うーん、それならせっかくですし、食べてみますか？」

「え、私のカレー……」

すると、ユティが俺の発言に悲しそうな表情を浮かべた。

「ああ、ユティ。この竜にカレーを上げた後、またすぐに作ってやるからさ」

『ほぉ？　我を前に、無事に帰れると思っておるのか？』

「え？　帰してくれないんですか!?」

『……なんか調子狂うな、貴様』

なんでだ。別におかしなことはしてないし、言ってもないのに。

『しかし、そのかれーとやらを食うにしても、そんなちっぽけなものでは我は全く満足できんぞ。どうするのだ？』

「どうするって言われても……」

確かに竜の言う通り、目の前の竜のサイズで考えたら大鍋サイズであってもまるで足りないだろう。そもそも、味わえるほどの量なのかさえ怪しい。

とはいえ、この巨体をどうにかする方法なんて――――。

「あ。あった」

『む？　あったとは何がだ？』

「いえ、竜さんの大きさを小さくする方法がそういえばあったなぁと思いまして……」

『りゅ、竜さんだと？　というより、そんな方法が本当にあるとでも？』

「はい」

俺はそう言いながら、アイテムボックスからとあるモノを取り出した。

それは佳織の身を守るアイテムを手に入れたとき、同時にドロップした【大小変化の丸薬】だった。

『なんだ、それは……まさか毒などではなかろうな？』

「いえいえ、小さくなれる薬ですよ」

『小さくなれる薬ぃ？』

竜さんは巨大な顔を横にして近づけると、その大きな目でじっと薬を睨みつけた。

『フン。そんなものでこの我が小さくなれるなど……』

「まあまあ、そう言わないで」

『貴様、最初に我を見た時の態度はどこに消えた⁉』

緊張も度を越えると、気楽にしゃべれるようになるんですね。

まあ実際ここまで気安い態度がとれてるのは、なんていうか逆に現実味がないからですかね。それに、ぜひとも日本企業のお力をお借りして、竜さんに人間の食べ物も素晴らしいのだと伝えたい。

そんなことを思いながら、なお警戒を続ける竜さんの口に丸薬を一個放り投げた。ちなみに丸薬は、ビンにたくさん入っており、正直何個使えば効果が現れるのかは分からなかったが、さすがに自分では未使用のモノをたくさん使うわけにもいかないので一つに留めた。いや、そもそも未使用なら先に自分で使えという話なんだけど。

『き、貴様！　ほ、本当に食わせおったな⁉』

すさまじい形相で俺を睨みつける竜さんに、さすがに俺も再び怖くなったのだが、次の瞬間、竜さんの体が光り始めた。

『な、なんだこれは⁉　何が起きてる⁉』

「さあ……？」

『さあ⁉』

まあたぶん、今から縮み始めるからその予兆みたいなものなんだろうけど。

竜さんが自分の体の異変に慌てていると、今まで成り行きを見守っていた佳織が心配そうに訊いてくる。

「す、すごい光ってますけど……大丈夫なんでしょうか？」

「大丈夫じゃないかな？　アイテムを手に入れたとき、説明には特に副作用らしきことは書かれてなかったし」

そう、俺が竜さんにためらいなく使ったのは、それも大きな理由の一つだった。

俺の持つ【鑑別】スキルでは、もし副作用があるならちゃんと説明してくれるはずなのだ。何せ、レクシアさんとルナの二人と一緒に薬草採取した時に、アカツキが持ってきてくれた『イチコロ草』を調べたら、ちゃんと危険だって教えてくれたし。

やがて光が収まると、俺の両手で抱えられそうなサイズの小さい竜が、そこにいた。

『お、終わったのか……？　って、何故貴様らに我が見下ろされているのだ⁉』

「それは竜さんが小さくなったからですよ」

『なんだと⁉』

竜さんは俺の言葉を受け、すぐさま自分の体を見渡すと、呆然としていた。

『ば、バカな……本当に我の体が小さくなるとは……』

「これならカレーをちゃんと味わえますね」

『う、うむ……いや、そうではない！　確かに小さくなればかれーとやらは満足に食べられるだろうが、このままの姿では困るぞ！』

「それも大丈夫ですよ。多分、これから先竜さんは自分の体の大きさを自由自在に変更できるはずですし」

『なんだと⁉』

俺の言葉が信じられないと言わんばかりに目を見開く竜さんだったが、何かを決心した様子で空を見上げると再び体が光り始めた。

そしてその光が収まると、元の大きさの竜さんが存在している。

『ほ、本当にできた……』

「本当にできましたね」

『確証なかったのか⁉』

残念ながら。

ただ、これも【鑑別】スキルのおかげで体のサイズの変更ができることは分かっていたので、できないなんてことはないと思っていたのだが。

俺の反応に愕然とする竜さんだったが、やがてもう一度体を光らせると小さい体へと変化した。

『……まあ良い。いや、よくはないのだが、この際気にするのはやめよう。今はそこの鍋の中身だ。早く寄越せ』

そう言いながら、俺の持つカレーの鍋をひったくる竜さん。

そして鍋を開けると、息をいっぱい吸い込んだ。

『スー……ううむ、やはり、何とも抗いがたい匂いだな。しかし、この色からはとても美味いものだとは思えん』

「不服。なら、それを私に渡す」

『なんだ、小娘。これはもう我のモノだ！　やらんぞ！』

ここぞとばかりにユティはカレーを狙うも、ついに竜さんは鍋の中に顔を突っ込んだ！

『……』

まさか、顔ごと鍋に突っ込むとは思いもしなかったので、少し心配になっていると——

——。

『ズゴゴゴゴ！』

「え」

何やらすごい勢いで吸い込まれていく音が聞こえた。

そして……。

『美味い！　美味いぞ⁉　何だこれは、何なのだこれはぁ⁉』

日本企業の勝利だった。

俺は得意気な表情で、一言。

「これが、人間の食べ物。カレーですよ」

『こ、これが……！』

竜さんは大きなショックを受けた様子で固まった後、再び一心不乱に食べ始めた。

その姿を眺めながら、俺はふと先ほどまでの竜さんとの会話を思い返し、聞いてみることにした。

「あの……そういえばさっき、【聖】と【邪】の臭いがどうとかって言ってましたけど、どういう意味ですか？」

『はぐはぐ……む？　どうも何も……そのままの意味だ。【聖】と【邪】の鬱陶しい臭いが世界中に充満し始めたので、嫌でも鼻について目が覚めたわ。嫌な臭いをまき散らしおって……』

まさかの師匠たちが原因だった……！

その事実に何て言えばいいのか困っていると、竜さんは食べながら鼻を動かし、俺たちの臭いも嗅いできた。

『そこの小娘と貴様からも多少臭いはするが……む？　貴様ら、少々変わった臭いだな。小娘からは【聖】と【邪】の入り混じった臭いがする。そして貴様からは……』

そこまで言いかけ、竜さんはカレーを食べるのをやめ、目を見開いた。

『ば、バカな……何故貴様からヤツの臭いがするのだ⁉』

「や、ヤツ？」

『惚けるでない！　ヤツと言えばヤツだ！』

「いや、それじゃ分からないんですが……」

『なぜ伝わらぬ⁉　人間たちからは【賢者】と呼ばれていたはずだろう⁉』

「え⁉」

竜さんの言葉に、今度は俺が目を見開くほど驚いた。

「賢者って……賢者さんを知ってるんですか⁉」

『はあ？　知ってるも何も、貴様の方こそ知ってるのではないのか？』

「いえ、俺はその色々ありまして……」

地球のことを伝えつつ、賢者さんの家の新たな主になったことや、賢者さんの魔法を受け継いだことなどを竜に説明した。

すると、竜さんは大きく唸る。

『うぅむ、なるほどな……まさか、異世界とやらが存在するとは……創世から生きる我ですら、初めて聞くことだ。そしてそこに繋がりを生み出すなど……さすが賢者と言うべきか』

　竜さんはどこか遠い目をしながらそう呟いた。

「あの……竜さんと賢者さんの関係って？」

『む？　そうだな……我は、友だと思っていた』

「え？」

『だが、我はヤツの苦しみを理解してやれなかった。寿命という概念のない我にとって、年老いて死ぬなど愚かなことだと考えていたのだ。だが、それこそがヤツにとっての救いだとは思いもせんかった……』

　どこか悲しそうな表情で竜さんはそう語る。

　賢者さんの本には、賢者さんには親しい友人がいなかったって書いてあったけど、こうして賢者さんのことを心配してくれている人はいたんだな……。

　何だかその心のすれ違いに悲しい気持ちになっていると、竜さんはついにカレーを食べ終えた。

『ぷはぁ！　美味かったぞ！』

「あ、はい。それはよかった――」

　そこまで言いかけた瞬間、目の前にメッセージボードが出現した。

『【創世竜】のテイムに成功しました』

「………………………え？」

『む？　どうした？』

目の前に現れたメッセージボードの内容に、俺は思わず目をこすった。

だが、どれだけ目をこすろうとも目の前のメッセージは変わらない。

俺は恐る恐る竜さんにそのことを告げた。

「あ、あのですね……竜さん、その、俺に…………テイムされてます」

『はあ？　何を言うかと思えば……確かに貴様の出した人間の飯は美味かったが、それでこの我がテイムされるなど――――されてるぅぅぅぅぅぅぅぅぅ!?』

竜さんは自分のステータスを確認したらしく、目が飛び出るほど驚いていた。

それに、竜さんの言葉からテイムされたのが本当だと分かったため、ユティも目を見開いて固まっていた。

佳織はテイムの意味が分かっていないので、首を傾げており、ナイトたちも特に騒いだりしている様子はない。

『何故だ、何故なのだ!?　何が起きれば我がテイムされるなどということに!?』

「えっと……すみません？」

『謝罪が欲しいのではないわっ！　今すぐ解放しろ！』

「ええ!?　解放しろと言われましても、そんなの無理ですよ……いや、俺も竜さんをテイムしたところで困るんですが……」

『我をテイムしておいて困るとは何事だ!?』

　すみません、本音です。

　竜なんて見た目だと、どう頑張っても地球の外にはまず連れていけない。翼さえなければ、珍しいトカゲくらいに見られたかもしれないけど、竜さんには立派な翼があり、飛ぶこともできるのだ。そうなってくると地球じゃ誤魔化しようがない。

　それに……。

「あの、困ると言えば、俺たちはもともと竜さんが目覚めたって聞きつけて、その確認調査のためにここに来たんですけど……」

『何？　どういうことだ？』

「この渓谷に、竜さんが眠っているという伝説はあったんですけど、誰も信じていなかったんです。ですが、急に渓谷の魔物が何かから逃げるように動き始めたこと、何より竜さんの咆哮を聞いて、その伝説が本当だったんじゃないかって……それに、もし本当なら竜さんはどんな行動をとるのかとか、色々人間側からすると心配なことがありまして……」

『フン。まあ我のことが今の人間に伝わっていなくとも仕方がないと言えば仕方がないのか……なんせ、我も起きたのは数千年ぶりだからな』

「す、数千⁉」

『そうだ。【聖】や【邪】の臭いで目覚めたのも確かだが、さすがにそこまで眠ると腹が減るからな。そのため、手ごろな近くの魔物を食い漁ったわけだが……それから逃げた魔物どものことであろうな』

「な、なるほど……」

いろいろ言いたいこととかあるが、何より数千年ぶりに起きたってことは、少なくとも賢者さんは数千年前の人物ってことで……そりゃあ竜さんみたいに人に知られてなくても仕方ないな。

スケールが大きいが、そのぶんはた迷惑な竜さんの行動に何とも言えずにいると、竜さんは不貞腐れた様子で寝転がる。

『フン……それで、これからどうするのだ？』

「え？　そうですね……とりあえず、テイムしちゃったんで、名前を付けようかなぁと」

『そこから⁉　いや、大事ではあるが……！』

「個人的には竜さんでもいい気がしてるんですが……」

『よくない！　ええい、つけるのならば我に相応しいカッコいい名前にせんか！』

竜さんがそういうので、俺は改めて竜さんの名前を考えることにした。

というか、もうテイムされたことは受け入れたのね。いや、だいぶ嫌そうだけど。

俺は改めて竜さんを見て考える。

竜さんは、伝説のドラゴンというに相応しい偉容で、鱗は深い紫と黒、そして朱色が入り混じり、何だか高級感に溢れている。

「うーん……それなら、『オーマ』なんてどうでしょう？」

『オーマ？』

「はい。なんて言うか、竜さんの見た目から逢魔が時って言葉が浮かびまして……」

逢魔が時っていうか、夕方っていうか。そんな感じの色だなぁって思ったから、ついそう言ったんだけど……。

すると竜さんは俺の口にした名前を何度か呟き、頷いた。

『オーマ……オーマ、か。いいだろう。我は今日からオーマだ』

「あ、はい」

『ところで、貴様らの名は何というのだ？　不本意だが、貴様は少なくとも我の主となったのだ。名を知らぬのはおかしかろう』

竜さん……改め、オーマさんの言葉で俺たちが名前を名乗っていないことを思い出し、慌てて名前を教える。

それを聞き終えると、オーマさんは再び頷いた。

『ユウヤにカオリ、ユティ。そしてナイトにアカツキ、か……改めて見渡すと、異色の面々が揃っておるな』

「そうですかね？」

『自覚がないのか？　ユウヤとユティからは【聖】と【邪】の入り混じった妙な臭いがするし、カオリからはそもそも脅威を感じぬ。何故ここにおるのか不思議なくらいだな。そしてナイトとアカツキは……うぅむ。この二匹を見ておると、我がテイムされたのも不思議ではないのか……』

「え？　そ、そうなんですか？」

『……まさかとは思うが、ナイトの種族を知らぬと申すか？　アカツキは少々特殊故、知らなくとも不思議ではないが……』

「知ってますよ？　確か、ブラック・フェンリルですよね」

「え」

するとと、何故かオーマさんではなく、後ろで俺たちの会話を聞いていたユティが固まった。

「ユティさん、どうしました？」

「か、カオリ。今、ユウヤ、ブラック・フェンリルって言った？」

「は、はい。そうですね。ナイトさん、そんな種類の狼さんだったんですねー」

「伝説の種族が、二つも揃った……」

「ええ？」

頭を抱えるユティに、俺は意味が分からず困惑する。

すると、オーマさんはため息交じりに教えてくれた。

『はぁ……ユティがそうなるのも無理はない。ナイトは、我のように創世から生きている種ではないが、種族としての戦闘力に関していえば、我と並ぶ存在であるぞ』

「え」

『今のナイトはまだ子ども故、発展途上ではあるが……む、よくよく考えれば、テイムされたブラック・フェンリルなども聞いたことがない。それがテイムされ、ユウヤの手によってどう育てられるのかと考えれば……これはブラック・フェンリル史上最強の存在になるやもしれんな』

「はあ……」

まさか、ナイトがオーマさんと同格の強さを誇る存在だとは思いもしなかった。

そりゃあ【大魔境】に最初からいたんだから、弱いとは思ってなかったけどさ。

「ナイト、お前ってすごいヤツだったんだな？」

「わふ？　わふ」

「フゴ！　フゴフゴ！」

「え？　ああ、アカツキもすごいって分かってるよ」

「ブヒ？　ふご」

「わん」

俺の問いに、ナイト自身よく分かっていないらしく、首を傾げた後、俺の足にすり寄った。それに、アカツキが自分もすごいんだとアピールしつつ、逆の足にすり寄ってくる。

……ま、可愛いからなんだっていいか。

「可愛いので問題ないです」

『大物すぎぬか⁉　とんでもない戦力を保持してるのと変わらぬぞ⁉』

「肯定。私、【邪】との戦いに燃えていたけど、目の前のオーマ？　を合わせて、もしナイトが育っていたのだとすれば、【邪】の心配をするだけ無駄になるほど安心。それくらいの戦力」

「そこまでかよ……」

『当然であろう。我を誰だと思っておる？　普段は貴様ら人間に興味がない故、放置しておるが、【聖】と【邪】の争いなど、一瞬で終わらせることが可能なのだぞ』

「ど、どうやって？」

『この星ごと吹っ飛ばす』

「スケールが違う⁉」

星ごと吹っ飛ばすって何⁉　そもそもそんなことしたら、オーマさんも無事じゃないよね⁉

すると、俺の思っていることを察したのか、オーマさんは鼻で笑った。

『何やら無用な心配をしておるが、我はどこでも生きていけるのだぞ。星を消し飛ばしたところで何の支障もないわ。また別の星を探すまでよ』

「え、恐ろしい……」

『そうだ。我は恐れられる存在なのだ！　決してテイムされるような存在ではない！』

「でもテイムされてるし……」

『だから何故だああああ！』

オーマさんはひたすら嘆いた。俺に聞かれてもね。

『ぐぬぬ……この事実が覆ることがないのであれば、我は少しでも現状より楽しくなることを望む。でなければ、我のテイムされ損だ！　ユウヤ。貴様は我を満足させることができるか⁉』

「え──……？　地球の料理とか、地球の案内とか？」

『ええい、興味深いではないか……！』

じゃあいいじゃん。

何故か悔しそうにしているオーマさんに、俺は内心そうツッコんだ。

「えっと……じゃあ、このまま帰る……？　問題の竜であるオーマさんはこうしてテイムできちゃったわけだし、魔物の活発化の原因がオーマさんなら、そのオーマさんがいなくなればまた元に戻るだろうし……」

『フン。我のことで調査をしに来たというのなら、もうここに用はないであろうな。ユウヤの言う通り、我がいなくなれば魔物も自然と元に戻るであろうな』

「なら、もう問題ないね。じゃあこのまま」

帰ろうと言おうとした瞬間、佳織がおずおずと手を挙げた。

「あのぉ……」

「ん？　どうした？　佳織」

「その……オーマさん？　のことを調査しに来たのはもちろんなんですけど、今回起こっている色々な問題の原因もオーマさんなんですよね？」

「まあそうなるかな」

『我としては、人間側の事情など知らんがな』

「だったら、王都の方……特に、今回の依頼をしてくださったオーウェンさんにはなんて説明しましょう？」

「あ」

俺は佳織のその一言に思わず固まる。

あれ、そうじゃん。もともとオーマさんが目覚めたことが原因で色々大変なことになってたわけで、オーウェンさんからは、本当に目覚めたのかとか、そういったことの確認のためにここに俺たちが派遣されたんじゃん。

それなのに、その原因である『伝説の竜』を連れて帰って本当にいいのだろうか……？

「ど、どうしよう……」

「そ、そうですね……もう素直に話すしかないと思いますけど……」

「だよなぁ……」

どんな反応されるのか分かったものじゃないが、誤魔化すわけにもいかないし、正直に話すしかないのか。

ようやく帰れると思った矢先、新たな問題を前に俺は頭を抱える。

だが、悩んでいても仕方ないので、俺は重い足を引きずりながら、王都へと帰還するのだった。

＊＊＊

「――――その、ユウヤ殿。もう一度言っていただけますかな？」

「……その、この隣にいるのが、伝説の竜です。はい」

王都に戻った俺は、さっそくオーウェンさんに報告しに向かうと、何故かアーノルド様の前に連れていかれた。

なんでも、アーノルド様は他国の人間である俺に協力してもらったことが申し訳ないと思ったそうで、さらにその報告内容が伝説の竜ともなると、直接聞きたいと言われたそうだ。律儀だなぁ。

ただ、そういった事情もあって、今この謁見の間にいるのは、俺たちとオーウェンさん、そしてアーノルド様だけだ。

レクシアさんやルナにも挨拶をしたかったが、今は公務とやらでこの場にはいない。やっぱり王女様って忙しいんだなぁ。

なんてあれこれ現実逃避をしているわけだが、俺が見慣れない竜を連れていることもあり、オーウェンさんも何かを察した様子で、アーノルド様と一緒に詳しく話を聞く流れになったのだ。というより、アーノルド様の前に行くとか、オーマさんと出会ったときより緊張してしまうんだが……。

もうここまでくると誤魔化すのもあれなので、いっそ開き直って報告すると、案の定アーノルド様もオーウェンさんも頭を抱えてしまった。

それに、アーノルド様たちのことも気になるが、王様の前にいるということで、佳織もガチガチに緊張している。何とか緊張をほぐしてやりたいが、アーノルド様の前だとね……。

それに比べ、ユティは前までは第一王子であるレイガー様を殺そうとしていたにもかかわらず、何の緊張も感じられずにぼーっとしていた。

なかなか混沌としている空間に、どうしたものかと頭を悩ませていると、今回の件の中心であるオーマさんが、地面に寝そべった状態で面倒くさそうにしながら口を開いた。

『なんだ、人間。この我がテイムされていることがそんなにおかしいのか？　ん？』

「い、いえ！　そういうわけでは――」

『おかしいに決まっているだろうッ！』

「ええ……？」

オーマさんの機嫌を取ろうとしたオーウェンさんは、まさかここで逆切れされるとは思っておらず、困惑している。

『我だって理解できておらん！　だが、現にこうしてテイムされてしまったのだからどうしようもないではないか。我がおかしいのではない。コイツがおかしいのだ』

「俺はただカレー作ってただけなんですが……」

『人間の飯が美味いのが悪いッ！』

やっぱり悪いのは俺じゃないじゃないですか。いや、カレーも悪くないけど。

まあそれはいいとして……。

「それで、どうしましょう？」

「ど、どうしましょうとは？」

俺の問いに、アーノルド様は頰を引き攣らせながらそう答えるが……。

「いえ、今回の騒動はオーマさん……この竜だったわけですし……」

『なっ⁉　我は悪くないぞ！』

「でも人様に迷惑をかけるのはダメじゃないですか？」

『竜である我が、いちいち人間の事情なんか気にするか！』

「竜だろうが人間だろうが、こうして意思疎通ができるわけですし……少しはその相手側の事情も考えてほしいんですよ」

『ぐぬぬ！』

俺が何とかオーマさんにそう説明していると、そんな俺たちを見てオーウェンさんとアーノルド様は遠い目をしていた。

「……オーウェン。余の目がおかしくなったのか？　伝説の竜が説教されておるぞ」

「……いいえ、陛下。現実です」

「大丈夫。私も、そう見える」

「そ、そうか……って、お主は誰だ？」

「私、ユティ」

「ゆ、ユティ？　オーウェン、お主は知っているか？」

「え？　あ、まあ……その、説明が難しいといいますか……」

「国王。細かいこと、気にしない」

「ずいぶんと馴れ馴れしい子だな!?」

「ユティ、お前は離れていろ！　……申し訳ありません。どうも世間とずれているようで……」

「いや、肝が据わっているというか……それはともかく、伝説の竜とはもっとこう……巨大なのではないのか？　あの体から城全体が震えるほどの咆哮を上げられるとは考えられぬのだが……」

「ここに案内するまではまだ伝説の竜だとは知らなかったのですが、ユウヤ殿が言うには体の大きさを自在に変えられるアイテムを持っていたそうで……」

「……ユウヤ殿は、一体何者なのだ？」

「……それは、私こそ知りたいくらいですよ……」

未だに俺とオーマさんが話し合っている横で、アーノルド様はため息を吐きながら続ける。

「それで、どうすればよいと思う？」

「そうですね……まず、排除するというのは不可能でしょう」

「で、あろうな。その実力は分からぬが、ただの竜でさえ、出現すれば我が国の兵の大半を失うことになりかねん存在だ。それが、意思疎通ができる上に創世期から生きているとなると……」

「竜は長生きすればするほど、魔力も肉体も強大かつ強靭になりますからね……どう考えても一国が相手にできるような存在ではないでしょう」

「だとすれば、ユウヤ殿をこのままこの国で抱え込んでしまいたいところだが……」

「それも難しいかと。ユウヤ殿は明らかに異国の貴族または王族でしょうし……」

「むぅ……本当に打つ手がないな。いや、ユウヤ殿は余やレイガーにとって、恩人ともいえる。だからこそ、無理矢理に協力をお願いするなどという手は使わないに越したことはないが……」

「我々の国と敵対関係にあるような国が、伝説の竜を自在に操ることができたというのなら、もはやどうしようもなかったのですがね」

「ああ。その点、ユウヤ殿で助かった。……いや、ユウヤ殿の国が我々に友好的かどうかは分からぬが、少なくともユウヤ殿は友好的だ。レクシアともな……！」

「ここに来て親バカを発動しないでくださいよ……ですが、これはもう、ユウヤ殿にすべて任せるしかないかと。もともと個人の力量ですら、ユウヤ殿は突出していますからね。今さら国を簡単に滅ぼせるような竜が仲間に加わったところで、驚きはないですよ。でなければ、【大魔境】で住み続けるなど不可能でしょうし」

「本当に謎の多い御仁だな。どちらにせよ、伝説の竜がけしかけられれば、降伏か滅びの二択だ。深く考えても無駄であろう。……ユウヤ殿」

「え、はい？」

ついオーマさんと人間に迷惑をかけるかけないで熱く話し合っていると、不意にアーノルド様から声をかけられた。というか、国王様の目の前でそんな人を放っておいて俺は何てことしてるんだ。不敬罪で殺されたりしないよね？

内心びくびくしている俺に対し、アーノルド様は威厳たっぷりな様子で口を開いた。

「ユウヤ殿。そちらの竜については……ユウヤ殿にすべてを任せる」

「……へ？」

「我々はこの件の……竜のことは公にできない。だから、褒美を与えることができなくて申し訳ない。もちろん、こちらから何かを要求することもない。だからこそ、ユウヤ殿に任せるのだ」

「ま、任せるって言われましても……」

俺がアーノルド様の言葉に困惑していると、オーウェンも口を開く。

「ユウヤ殿。ハッキリ申し上げましょう。貴方に丸投げいたします」

「本当にハッキリですね⁉」

丸投げって！　そりゃあそうですよね！

伝説の竜をどうすればいいかなんて、誰にも分からないんだからさ。

結局、アーノルド様の決定通り、オーマさんの咆哮やオーマさんが魔物を食い散らかしたことによる魔物の被害などへの言及はなく、この謁見は終了した。

幸い渓谷から逃げ出した魔物たちによる死傷者が出なかったのが大きいだろう。

とはいえ、今日は色々ありすぎたので、最終的には佳織に王都を案内するという当初の目的は達成できなかったのだった。

第四章　ユティの学園生活

「はーい、皆さん、席についてー。今日から転入生が来ますよー」

異世界から帰還した休日明け。

ついにユティの中等部での学園生活が始まった。

慣れない制服に身を包んだり、いつも持ち歩いている弓を手放したりと、ユティにとって、何もかもが新しい生活がスタートした。

今まで師匠である『弓聖』と二人暮らしだったこともあり、元々人間とのコミュニケーションをとるのが苦手なユティは、優夜や佳織たちのいない空間でやっていけるのか不安だった。

だが、その不安が顔や口に出ないため、優夜たちも気づけずにいた。

そんな不安を胸に、ユティがソワソワした様子で教室の前で待っていると、中から興奮した声が聞こえてくる。

「転入生!?」

「え、男かな、女かな!?」

「可愛い女の子でも、アンタが相手にされるわけじゃないでしょ？」

「う、うるせぇよ！」

「はいはい、静かにしてくださいねー。それじゃあユティさん、入ってきてくださーい」

「……」

ユティがお世話になる担任の柳先生の合図があり、ユティは恐る恐る教室内に入った。

ユティは、優夜や佳織といった存在と触れ合ったことで、師匠が死んだときほど人間への憎悪や恐怖感はなくなっていた。

だが、それでもまだ師匠が死んだ原因の一端が人間にあることを考えると、複雑な心境だった。

それでもここにいる人間たちは師匠が死ぬ原因になった人間じゃないということだけは、ちゃんと分別がついていた。

ユティの担任である柳先生は、おっとりとした性格だったため、そういった事情のあるユティからすると有難い存在だった。

「……」

ユティが教室に入った瞬間、今まで騒がしかった生徒たちが一斉に黙った。

そのことにユティは何かおかしかったのかと不安になるが、柳先生はまるで気にした様子もなく黒板にユティの名前を書いた。

「はい、ユティさん。自己紹介してください」

「こ、肯定」

ユティは小さく頷くと、クラスにいる生徒たちを恐る恐る見渡しながら小さく口を開いた。

「私、ユティ。…………よ、よろしく、お願い、します……」

何をしゃべっていいのか分からないため、そんなシンプルな自己紹介で終わってしまうユティ。

すると――――。

『か、可愛いいいいいいいいい！』

「っ!?」

クラス中が、一斉に叫んだ。

「え、何!?　めちゃくちゃ可愛くない!?」

「イケメン男子を期待してたけど、こんなに可愛い子なら全然あり！　むしろこの子以外ありえ得ない！」

「お人形さんみたい！」

「ユティってことは、外国の人なのか？」

「えっと、その……」

予想外の生徒たちの反応に、ユティは完全に困惑していた。

今までは力で解決してきたこともあり、その力が完全に通用しない場面でユティはどうすればいいのか分からなかった。

それに、異世界ではどんな人間であっても警戒しないと過ごせない中、ここまで歓迎し、好意的な反応をされることにユティは慣れていなかったのだ。

「はいはい、皆さん。ユティさんが困ってますよー。質問がある人は、休憩時間中にしてくださいねー」

ユティが困っていることを察した柳先生はそういうと、生徒たちの騒ぎを収め、優しい笑みをユティに向けた。

「それじゃあユティさん。ユティさんの席は、空いてるあの席ですよ」

「了解」

ユティは柳先生に示された席に着くと、一息つく。

すると、隣の席に座っていた女の子がユティに話しかけた。

「ねね、ユティさん。私は晴奈！　よろしくね？」

「よ、よろしく……」

いきなり声をかけられたことにも驚いたユティだが、その晴奈の明るい雰囲気に、ユティの緊張が少しほぐれるのだった。

＊＊＊

無事、ユティはホームルームを終え、授業を受けることになるのだが、大きな問題が立ちはだかった。

それは……。

「……困惑。理解不能」

ユティは今まで勉強をしたことがないため、簡単な問題すら解くことができないのは当然の結果だった。

幸い文字などは、佳織にこちらの世界のあれこれをレクチャーしてもらった際に教えてもらい、そこでスキル【言語理解】を手に入れているため、問題なく話したり、読み書きができるのだが、それ以外の面で躓いてしまった。

勉強面で躓いたユティだったが、次の体育の授業でその真価を発揮することになる。

体育の授業で、女子たちはバスケをすることになったのだが、ユティはルールが分からなかった。

「晴奈」

「ん？　どうしたの？　ユティさん」

そこで、隣の席で、声をかけてくれた晴奈に勇気を出して声をかけると、ユティはバスケのことについて訊く。

「不明。私、バスケ、知らない」

「え、そうなの⁉　やったことがないじゃなくて？」

「肯定。見たのも、初めて」

そんなユティの言葉を聞いて、晴奈だけでなく、近くにいた女子たちは唖然とした。

「ば、バスケを知らないんだ……そういう国もあるのかな？」

「じゃあ教えてあげるね」

幸い、ユティがバスケを知らないからといってバカにするような人間はおらず、皆が親切に教えてくれる。

その話を聞き、ユティはバスケのルールをだいたい理解すると、近くに転がっていたバスケットボールを手にした。

「確認。この球を、あの籠の中に入れる。それでいい？」

「うん、そうだよ」

「どこから投げて入れても？」

「え？　まあそうだね。でも、さすがにこの距離だと――」

「ん」

ユティは軽くその場で跳び上がると、そのままボールを遠く離れたバスケットゴールに投げる。

すると、そのボールは寸分違わずゴールを一直線に貫いた。

ユティは危なげなくその場に着地すると、晴奈に確認するため、振り返った。

「これでいい？」

『……』

しかし、ユティの問いには誰も答えることができなかった。ユティの身体能力の高さに女子生徒たちだけでなく、同じく体育館で授業を受けていた男子たち、そして先生までもが口を開いて固まっていた。

「？　どうしたの？」

「ハッ！　ど、どうしたのって……ユティさん本当にバスケ初めて⁉」

「肯定」

「うっそー！」

ユティはバスケどころか、地球のスポーツすべてのルールを知らないのだが、今の動きを見て、それを信じられる人間はいなかった。

ひとまずルールの確認などができたユティは、ここから実際に試合をしていくのだが……。

「ユティさん！」

「ん」

「うえええええ⁉　またスリーポイント⁉」

『弓聖』の弟子であるユティにとって、止まった的……ゴールにボールを入れるなど、児戯にも等しかった。

シュートを打てば、必ず入るのだ。ユティにとって、コートの広さなど関係なかった。

だが、さすがにユティが異常な得点力を誇ることを周囲が悟ると、敵チームはユティの動きを止めにかかる。

「ユティさんの動きを止めるよ！」

「シュートを打たせちゃダメ！　打たれたら入っちゃうから！」

その中にはバスケ部の者もおり、普通であればここで身動きが取れず、そのまま何もできなくなるはずだった。

しかし、それすらもユティには通用しない。

「ウソ、なんで⁉」

「と、止められない⁉」

ユティはそのまま止めに来た女子生徒たちの間をスルスルと動き、いともたやすくその包囲網から抜け出した。

そしてチームメイトからパスを受け取るが、相手チームも負けておらず、シュートを打たせないように動いていた。

「打たせないよ！」

「……」

「え⁉」

そこで、止めに入った女子生徒は驚きで目を見開いた。

何故なら、ユティはゴールを見ておらず、ぼーっとしていたからだ。

しかも、ユティは何を思ったのか、誰もいない空間にボールを投げる。

すると……。

「え、あれ!?」

「いつの間に!?」

ユティの投げたボールは、そこを通りかかったチームメイトの手にすっぽりと収まり、ボールを受け取った生徒は慌てながらもシュートを決めた。

ユティは、優夜たちと戦った時に使用していた『弓聖』の技術を惜しみなく使用し、仲間がどの位置をどのタイミングで通りかかるのかという予測をすでにしており、そこに合わせてボールを正確に投げるという神業をしてのけたのだ。

「これ、どうすれば勝てるの……？」

そんな対戦相手の心の声が思わず漏れていたが、その場の全員がその言葉に同意するのだった。

その後もユティの無双は終わらず、最終的に試合は一方的な展開で幕を閉じるのだった。

＊＊＊

「ユティさん、すごいね！」

「？　そう？」

体育の授業が終わり、更衣室でユティが制服に着替えていると、晴奈が目を輝かせてそう言った。

「そうって……だって、相手チームにはバスケ部の子もいたんだよ⁉」

「バスケぶ？」

「そうそう！　ウチのバスケ部ってかなり強いんだからね？　そんな子たちを相手にほとんど一人で決めちゃうなんて……」

「否定。私一人だけじゃない。みんな、シュート、した」

「いや、それも全部ユティさんのパスがあったからじゃん！」

「そうだよ」

「え？」

するとユティと晴奈の会話を聞いていた、女子生徒の一人が話しかけてきた。

その女子生徒はショートカットでどこかボーイッシュな雰囲気で、汗を拭きながら近づいてくる。

「おっと、まだ名前が分からないか。同じクラスの夏希だよ、よろしく！」

「夏希……」

「そうそう。それで、さっきの試合でやられちゃったけど、私がそのバスケ部員なんだ」

「バスケぶいん?」

「うん。まあユティさんには一方的にやられちゃったわけだし、他の子がシュートを打てたのもユティさんのサポートがあったからだよね。だって、ユティさんのパス、まるでそこに人が来るのが分かってるみたいに正確だし……」

「肯定。分かってるから、ボールを投げた」

「だとすると、本当にすごいね……」

夏希はユティの言葉を冗談だと思い、笑う。

「それはともかく、そんなに強いんだし、ユティさんはバスケ部に入るの? 私としては大歓迎なんだけど……」

「質問」

「ん? 何かな?」

ユティは真面目な表情で晴奈と夏希を見つめると、首を傾げた。

「バスケぶ、バスケぶいん、何?」

「「え?」」

「バスケは、分かる。でも、ぶ、ぶいん、分からない」

ユティの言葉に、さすがにそれは予測していなかったのか、二人とも固まった。

だが、すぐに正気に返った晴奈が恐る恐る聞く。

「えっと……もしかしてだけど、ユティさんのいたところに部活ってなかったの？」

「ぶかつ？」

「あ、なかったんだ……」

ユティの反応だけで、それを察した。

「部活がないなんて珍しいね……」

「だね。というより、こんな逸材がいながらバスケ部がなかったなんて。……もったいなさすぎるよ」

夏希の言葉に、晴奈だけでなく、周りで聞いていた他の女子生徒たちも一斉に頷いた。

「不明。ぶかつ、何？」

「ああ……部活は……なんて言ったらいいのか分からないけど、放課後にスポーツとかそれぞれやりたいことを同じ目的を持った人たちが集まってそれに取り組むって感じかな？」

「……難解。じゃあ、部活、してなきゃダメ？」

「してなきゃダメってわけじゃないけど……何かしたいものとかないの？」

「肯定」

そう頷いたユティだったが、ふとこちらの世界では弓に触れていないことを思い出した。

「弓……」

「ゆみ？　……もしかして、弓道とかアーチェリーのこと？」

夏希の言葉に、ユティは勢いよく顔を上げると、興奮した様子で夏希に詰め寄る。

「弓道？　アーチェリー？　不明。ただ、弓、使える？」

「つ、使えるけど……ユティさん、弓道とかやりたかったの？」

「否定。やってる」

「やってるの!?」

「それは驚いた。なら、弓道部とか顔を出してみるといいかもしれないね。どうする？　今日、私は部活が休みだし、なんだったら案内するよ？」

「あ、私も私も！」

二人のありがたい申し出に、ユティは勢いよく頷いた。

「よし、じゃあ放課後に三人で弓道部に行こう！」

「そうだね。それにしても……バスケじゃないことは少し残念だけど、弓道だとは意外だったな」

「意外？　何故？」

「何故って……いや、海外に住んでたのならアーチェリーなら意外でもないか」

夏希は一人でそう呟くと、晴奈がユティに純粋な疑問をぶつける。

「そういえば、ユティさんってどこに住んでたの？」

「森」

「「へ？」」

「森」

「「……」」

晴奈と夏希が聞き返すも、ユティの答えは変わらなかった。

そんなユティの反応を前に、思わず二人で顔を見合わせる。

「も、森って……あの森かな？」

「いや、この現代で森で生きるなんてそうそうないよ？　青森県とかじゃない？」

「あ、そっか。……でも、青って聞こえなかったし、どう見ても外国の人の見た目だよね？」

「うーん……日本語はでもペラペラだし……」

「た、確かに……」

ますますユティという存在が謎に包まれ、二人とも首を傾げるばかりだった。

「じゃ、じゃあ、今はどこに住んでるの？」

「ユウヤの家」

「「へ？」」

「ユウヤの家」

「「……」」

またも、二人……どころか、その場にいた全員が沈黙した。

すぐ正気に戻った晴奈が恐る恐る尋ねる。

「ちょ、ちょっと待って。ユウヤって……私たちも知ってる人？　私たちの学校で、同じ名前の超有名人がいるんだけど……」

「？　不明。でも、同じ学校。高校？　とやらにいる」

「ち、ちなみに、苗字は……？」

「確か……て、テン、ジョウ？」

『……』

再び訪れる沈黙。

そして――――。

『えええええええええええええええええ!?』

「っ⁉」

女子更衣室に、絶叫が響き渡った。

「ウソウソウソ⁉　ユティさん、天上先輩と一緒に住んでるの⁉」

「いや、そもそも天上先輩とどういう関係⁉」

「天上先輩と二人っきり……う、羨ましすぎる……！」

次々とぶつけられる質問の嵐に、ユティは目を白黒させる。

「私、おかしなこと、言った？」

「いや、おかしいとかじゃなく……あれ、おかしいのか……？」

「そんなことよりも、天上先輩と一緒に住んでることが問題だよ！　どういうこと⁉」

「不明。よく分からない。でも、ユウヤの世話になっている」

「よく分からないのに⁉」

次々とユティの口から飛び出す言葉に、女子生徒たちが興味津々となる。

そんな女子生徒たちの姿に、ユティは首を傾げた。

「疑問。ユウヤ、有名？」

「そりゃあ有名だよ！　あれだけイケメンで噂にならないほうがおかしいから！」

「他にも天上先輩といえば、この間の球技大会でとんでもない身体能力を披露したみたいだし、何より前にこの学園に乱入してきた不良たちを一人で片付けてたのは印象深かったな……」

「あー、あれね！　すごかったよねー！　次々と不良の人たちが投げ飛ばされていくんだもん！」

「不良？　……よく分からない。でも、ユウヤはそれくらいならできる」

ユウヤの戦闘力を知るユティは、晴奈たちの言葉に頷いた。

「後、噂だから何とも言えないけど、野外学習の時には、襲ってきた熊も投げ飛ばしたんだってさ」

「ええ⁉　さすがにそれはウソじゃない？　ねぇ、ユティさん？」

「否定。ユウヤ、熊程度なら投げ飛ばせる」

「ウソでしょ⁉」

ユティの言葉にますます驚く晴奈たち。

そして、そのことが切っ掛けで色々知りたくなった女子生徒たちは、ユティをその場で質問攻めにし、次の授業に遅れそうになるのだった。

＊＊＊

俺は、いつもとは違い、一日中ソワソワしていた。

そのわけは……。

「そういえば、中等部にすごい子が転入してきたらしいぞ」

「へ、へえ、そうなんだ」

「なんでも外国の人らしくて、今学校中で話題になってるぜ」

……そう、ユティのことである。

今も休憩中、亮がユティの噂について教えてくれているが、俺からするとハラハラして仕方がない。

な、何か大きなミスとかしてないよな？　大丈夫だよな？

それ以外にも、今こちらの世界の家にいるはずのオーマさんだってちゃんと大人しくしているのか気になる。

何とかオーウェンさんたちに説明し、無事連れて帰ってきてしまったわけだが、オーマさんは異世界では伝説として語られる竜だ。人間の常識なんて気にしないだろう。

それに、最初は不満げだったオーマさんは、俺の作ったご飯や、地球の道具などを見て目を輝かせ、最終的には俺にテイムされたことを認めてくれた。

ただ、そんなオーマさんとのやり取りの中で一番印象的だったのが、異世界の家に戻ってきたとき、賢者さんの家を見たオーマさんとのやり取りだった。

『……この家、我が全身全霊の一撃をぶつけたとしても、無事だぞ。相変わらずヤツはどうなっているんだ……もはや存在自体が反則だろう……』

賢者さん、伝説の竜から反則認定を受けているんですが。

その時に、ふとオーマさんと賢者さんの関係が気になった俺は、訊ねた。

「オーマさんと賢者さんは、どうやって知り合ったんですか……？」

『我とヤツが出会ったのは……遠い昔の話だ……』

そう口にしたオーマさんはここではないどこか遠いところを見つめる。

『我がまだ今ほど落ち着いておらず、その力を誇示していた時、ヤツはふらりと現れ……我を一撃でぶっ飛ばしおった。あの時に受けた衝撃はいまだ忘れられんよ』

賢者さん、何やってるんですか。

『今まで脅威など存在しなかった我に、初めて芽生えた恐怖。そのまま殺されるのかと思ったが、ヤツはただ我に説教するだけで、殺すことはしなかった。……だから、この我に説教してきたのはユウヤで二人目だ』

「な、なるほど……」

俺は説教したつもりはないし、普通に納得してもらえるように説明したって感じなんだけどな。

『ともかく、そこから我と賢者の交流が始まり、長い時を共に過ごしたが……ヤツは、逝ってしまった。この我を置いてな』

そう語るオーマさんの表情は、どこか寂しそうだった。

『だからこそ、ユウヤからヤツの臭いがしたときは驚いたぞ。口調や態度は違うが、根本的な部分がヤツに似ておる。そんなお前が賢者の家や武器、能力を受け継ぐとはな……』

と、そこまで言いかけたオーマさんは、何かに気づくと、目を見開いた。

『まさか……そこまで見越したうえで、我に新たな友を寄越したとでもいうのか……？　そんなのはあり得ぬ。だが、ヤツなら……くっ……』

「オーマさん？」

一人の世界に入り、小さく何事かを呟き始めたオーマさんに声をかけるも、オーマさんはそのまま賢者さんの家に入っていってしまった。どうしたんだろうな。

とにかく、オーマさんのおかげでほんの少しだけまた賢者さんのことが知れたわけだけど、相変わらずとんでもない存在なんだってことを理解した。

でもよくよく考えれば、賢者さんの家にはオーマさんじゃないけど、龍神とやらが素材になっている靴があったわけだし、オーマさんの評価も嘘ではないだろう。本当に何者なんですかね。

今日だけで色々胃が痛くなる状況に、一日中落ち着かないでいると、楓が勢いよく俺に近づいてきた。

「優夜君！」

「は、はい！」

「中等部に来た転入生の子と同棲してるって本当⁉」

Ｏｈ……。

異世界の情報とか、ユティの一般人離れした身体能力とか、そっちのほうばっかり心配してて、すっかりそのことが頭から抜けていた。

そのため、思わず楓の言葉にすぐ反応できず、固まっていると、亮も目を見開く。

「優夜、楓の言ってることって本当か？」

「え⁉　いや、それはその……」

「どうなの⁉」

すごい勢いで詰め寄ってくる楓に、俺は気圧される。

ど、どう答えるのが正解なんだ？　そもそもユティとの関係性はどう説明したらいい⁉

あれこれ必死に説明する内容を考えていると、不意に廊下が騒がしいことに気づいた。

そのことに俺だけでなく、亮も気づくと廊下へ視線を向ける。

「ん？　いったい何が……」

亮が廊下のほうに視線を伸ばした瞬間、慎吾君が廊下から慌てた様子で入ってきた。

「ゆ、優夜君！　れ、例の転入生が君を呼んでるよ！」

「へ⁉」

予想だにしていない展開に、思わず間抜けな声を上げると、慎吾の後ろから、ユティが教室に入ってきた。

「ゆ、ユティ……」

「発見。ユウヤ、いた」

ユティは俺を見つけると、周囲の視線などお構いなしに俺のほうにやってくる。

「質問」

「え？　な、なんだ？」

あまりにもまっすぐな視線で自然とそう切り出されたため、俺も自然と答えてしまう。

「阻止。優夜、私が弓を持つの、止めた。でも、今日の体育の授業、弓が使いたいって言ったら、晴奈、弓道部があるって言った。希望。私、行きたい。ダメ？」

「いや、弓を日常的に持ち続けるのは危ないからダメってことなんだけど……弓道部に行きたいなら、別にいいと思うよ」

「！　本当？」

「ウソ言ったって仕方ないだろう」

ただ、ユティが弓道部に入ったら、確実に大活躍できると思うけど。

すると、ユティは珍しく小さな笑みを浮かべ、俺はそれを見て思わず固まった。

「感謝。ユウヤ、ありがとう」

「あ、ああ」

「退去。それじゃあ、行く。汗、かくと思うから、お風呂の準備、しといてね。ばいばい」

ユティはそれだけ言うと、その場からマイペースな様子で帰って行った。

……それにしても、さっきのユティの話では晴奈って名前が出てたけど、無事に友達ができたのかな？

そのことが確認でき、一安心した俺は、改めて楓たちに向き直った。

「えっと……俺とその転入生との関係だっけ？」

「『いや、誤魔化せないよ!?』」

ですよねー。

そりゃ目の前で名前で呼び合ってたら、赤の他人じゃすまないよね。

観念した俺は、なるべく分かりやすいように言葉を選びながら説明した。

「えっと……さっきの子はユティっていうんだけど、ユティは俺のお世話になってる人の、知り合いの子らしくて、まあ……その知り合いに不幸があって、俺がお世話になってる人が引き取ったんだけど、その人も忙しいから俺がお世話するようにお願いされたというかなんというか……」

果たしてこんな説明でいいのか分からないが、これが俺の説明できる限界だろう。実際にユティは『弓聖』の娘さんではないが、ある意味親子のような関係だったっぽいし、その人の子ってことにしても問題ないだろう。じゃないと弟子とか訳の分からない説明になっちゃうし。

「で、でも、優夜君と二人っきりで暮らしてるんだよね？」

「ま、まあね。俺もいきなりのことで困惑してるけど、他に行く当てもないから、俺の家じゃなかったら野宿するっていうし……」

「う、うぅ……！　ゆ、優夜君と二人っきりで生活できるなんて……羨ましい……！」

「ん？」

楓は何か言いたげだったが、言葉が見つからないようで唸っていた。いや、俺としても年若い男女が二人だけで生活するのはいろいろ問題があると思うんですよ。でもそうも言ってられないわけで……。

結局、俺は楓だけでなく、他のクラスメイト達からの視線をヒシヒシと感じ、居心地の悪い午後を過ごすのだった。

＊＊＊

優夜から弓道部の見学に行っていいと言われたユティは、放課後、晴奈と夏希の二人に案内され、弓道場へと連れてこられた。

すると、そこには担任である柳先生が、弓道着を身に着け、生徒たちに指導していた。

「柳せんせー」

「あら？　晴奈さんと夏希さん？　どうしたのかしら？　って……」

声をかけられた柳は、一瞬驚くも、晴奈たちの後ろにユティがいることに気づいた。

「ユティさん。もしかして、弓道に興味があるのかしら？」

「そうみたいですよ！」

「でも聞いてよ、先生。ユティさん、今日の体育の授業でバスケをやったんだけど、私も含めて誰も手も足が出ないほど強かったんだよ？」

そんな夏希の言葉に、柳先生はおっとりとしたタレ目を見開く。

「あらあら、それは本当？　だとしたら、バスケ部としては入部してほしいんじゃないの？」

「そりゃあね。でも、何の部活に入るのかは自由だし……ね、ユティさん」

「……」

「……ユティさん？」

ユティに対し、晴奈と夏希が声をかけるが、ユティはその声が聞こえないのか、ただまっすぐに矢を放っている生徒たちを眺めていた。

その様子に、柳先生は笑う。

「あらあら、ユティさんはずいぶんと弓に興味があるみたいね。どう？　一回射ってみる？」

柳先生はユティに自分が持っていた弓と矢を渡すと、ユティはそこでようやく視線を戻し、自分の手にある弓と矢を見つめた。

それらをユティが受け取ると、柳先生がさっそく指導しようとするが……。

「それじゃあユティさん。射つ前に動きやすい恰好に――」

「不要」

「え？」

ユティは柳先生の言葉を無視し、ずんずんと進んでいくと、ちょうど射ち終わった生徒の場所に入った。

そんなユティに練習中だった生徒たちも何事かと驚くが、ユティは気にした様子もなく遠くに設置された的を見つめ、背後にいる柳先生に訊く。

「質問。あの的の真ん中、狙えばいい？」

「え、ええ。それが一番だけど……そう簡単には――」

ユティは柳先生が言葉を言い終える前に弓を構えると、無造作に矢を放った。

それは弓道の基本である射法八節を無視した、普段のユティが射つやり方だった。

だからこそ、結果は明らかだった。

ユティの放った矢は、真正面に設置された的のど真ん中を貫き、その様子に周囲の人間は全員押し黙る。

だが、ユティはまったく気にしない様子で、他の矢を手に取ると、次々と矢を放って行った。

「ちょ、ちょっと、ユティさん⁉」

いきなりのユティの行動にさすがの柳先生も慌てて声をかけるが、ユティの耳には届かない。

そして、ユティの放った矢は、次々と他の的のど真ん中に命中し、さらに連続して前に放った矢の矢筈部にもう一本突き刺さる『継ぎ矢』を量産した。

だが、それだけでは飽き足らず、ユティはどんどん集中し、自身の世界に入り込むと、無我夢中で矢を射ちまくった。

「す、すごい……」

「あんなに的確に中心に当てるなんて……」

「や、ヤバくない？」

「ちょっと、見て！　後ろの壁が……！」

「え、ウソでしょ⁉」

そんなユティの様子を見ていた生徒たちはあることに気づき、ざわつき始める。

それは、ユティの放つ矢がついに的を粉砕し、その後ろの壁すら貫通し始めたからだ。

すると、さすがにこれ以上はまずいと思った晴奈たちが慌てて止めに入った。

「ゆ、ユティさん、ユティさん！」

「ストップ、ストップだよ！」

「……ハッ！」

ようやく晴奈たちの声が届いたユティは、最後にもう壁すらない場所に一発矢を放つ。

そこまで終え、ユティはどこか興奮した様子で柳先生たちのほうに顔を向けた。

「満足」

『……』

しかし、ユティの行動といい、その実力といい、あまりのデタラメっぷりに、誰も言葉を発することができなかった。というよりも、的も壁も壊されるなど誰も想定しておらず、何と口にしていいのか分からなかった。

そのことに首を傾げるユティだったが、ふと体の内側に違和感を感じた。

それはさっきまで集中していたことで神経が研ぎ澄まされたからこそ感じることのできた違和感だった。

「？　この感覚は……『邪』？」

その違和感に意識を向けるも、特に何か問題があるわけでもないため、ユティは気にしないことにした。

そんなことよりも、今はただ、学校でも矢が射てたという事実が、ユティを満足させていた。

満足げに頷くユティに、ようやく正気に返った柳先生は、思わずぽつりとつぶやいた。

「つ、継ぎ矢……矢も一本、高いんだけどな……」

「い、いや、それ以上に的とか壁、どうするんですかね……」

「……それもそうねー……」

「?」

ユティは今まで矢や的を自前で用意していたため、柳先生の言葉の意味が分からないのだった。

＊＊＊

『――――さて、いよいよだ』

何もない真っ暗な空間の中、怪しく光る赤い瞳が、嬉しそうに笑う。

『あの豚のせいでどうなるかと思ったが……何とか耐え抜いたかいがあったぜ』

そして、赤い瞳は上を見つめる。

『お前はもう用済みだ。もう少し回復すれば、ここから抜け出してやる……』

赤い瞳は、そのまま暗闇に溶けていった。

第五章　『邪』の力

「――――さて、今日から本格的に修行をするか」

「わふ」

「ふご」

ユティが学校に通い始めてから一週間経ったある日、ようやく落ち着いてきたこともあって修行を厳しくしていこうと思っていた。

というのも、ユティという強力な存在が出てきたことで、俺の力不足を実感し、このままだと本当に異世界で安心して過ごせないと思ったからだ。

俺としては、そんな大それた力は求めていないんだけど、ユティの件を含めて、どうも俺まで『聖』と『邪』の戦いに巻き込まれたみたいだからさ……。

「はあ……もっと平穏に異世界を楽しみたいのになぁ……ままならないな」

「わん」

「ブヒブヒ」

ナイトとアカツキが落ち込む俺を慰めるように、俺の足にそれぞれ前足を乗せた。可愛い。

そんな二人の様子に癒されていると、俺はふと気づく。

「あれ？　そういえばオーマさんは？」

正直、今回修行しようと思ったのは、身近にオーマさんという超強力な存在が現れたことも大きい。

ウサギ師匠はフラっとやって来ては俺たちに蹴りを教えると、そのまま俺から魔法のレッスンを受け、また再びどこかに行ってしまうのだ。

そのため、常にいてくれる超強い存在っていうのはすごくありがたいんだが……。

「回答。オーマさん、寝てる」

「え？」

思わず声のほうに振り向くと、そこにユティの姿が。

「どうしたの？　さっきは勉強するって聞いたけど……」

そう、ユティは学校で体育の授業こそ問題なく活動できているが、それ以外の授業にはまるでついていけないため、家などで授業の予習復習だけでなく、小学生の内容から勉強していたのだ。

ただ、学習をするという行為自体が楽しいようで、ユティはどんどん知識を吸収している。

俺なんかは昔から勉強が嫌いだったけど、それくらいしか俺が努力して反映されるものがなかったからなぁ……だから勉強はちゃんとしてたけど……。

レベルアップするまでずっとダイエットや筋トレをしていたのに、全く痩せなかったし、筋肉もつかなかったからさ。

俺の疑問に対し、ユティは真顔で告げた。

「修行。私、ユウヤの相手、する」

「え？」

「不調。昨日から、妙に体調がおかしい。だから、体を動かす」

「そこは休もうよ⁉」

なんでそこで体を動かすなんて結論に至ったんですかね。

「否定。何だか動いていないと落ち着かない。胸が、ざわざわする……」

「ざわざわするって言われても……」

「私、ユウヤより先に、『弓聖』の弟子。先輩。だから、ユウヤの面倒も、見る」

「は、はあ……それはありがたいし、本人が休まず体を動かしたいって言うんならいいけどさ……ところで、オーマさんは寝てるんだっけ？」

「肯定。昼食後、眠くなったと言い、寝た」

「本当に自由だな……」

オーマさんは俺の家に来てから、俺が作る料理については美味いと言ってくれるものの、いつも家でゴロゴロ食っちゃ寝の生活を送っている。

本当なら地球の家の外にも連れて行ってあげたいけど、さすがに連れて行っちゃうと大問題なので、我慢してもらうしかないのだ。

だからこそ、オーマさんが食っちゃ寝の生活を続けていても、俺としては文句を言いづらい。もともと伝説の竜で強いわけだから修行とかは必要ないだろうし、となるとやることないもんな。

「まあそういう理由なら仕方ないな……だからユティが手伝ってくれるのか？」

「肯定。さっき言った理由もある。けど、私も修行、したい。今も、胸のざわざわが強くなって……」

「え？　それはどういう――――」

そこまで言いかけた瞬間だった。

「うっ⁉」

「ゆ、ユティ⁉」

突然ユティが苦しみだし、その場に崩れ落ちた。

慌てて俺が抱きかかえると、ユティの目が見開かれた。

そしてその瞳が――――真っ赤だった。

「なっ⁉」

『『なかなか時間がかかったが、回復してやっと出てこれたぜ』』

ユティの喉から二つ重なって声が聞こえてきた。

そんなユティの様子に、ナイトがユティから俺を引き離すように間に割って入る。

「グルルルル……」

「な、ナイト⁉」

「ふご、ふごふご」

するとナイトだけでなく、アカツキも警戒した様子を見せるため、俺は改めてユティに視線を向けた。

すると、ユティはゆらりと立ち上がり、その赤い瞳を俺に向けてくる。

『『おいおい、そんなに睨みつけるんじゃねぇよ。お前たちの大切なおともだちなんだろ？』』

「何を言ってるんだ……？　そもそもお前はなんだ⁉　ユティじゃねぇな⁉」

体や見た目は完全にユティだが、その中身が全く別物だということにナイトたちの反応で気づいた。

俺の問いに対し、ユティの姿をしたナニカはニヤリと笑うと……。

「『そんなにこの入れ物が大事かよ。なら……返してやるよッ！』」

「⁉」

次の瞬間、ユティの体から黒い靄が勢いよく噴出されると、それは徐々に形をつくっていく。

ユティの体から抜け出した黒い靄は、ユティとそっくりに形成され、白さが特徴のユティとは真逆のいわば『黒い』ユティになった。

「え、ユティ⁉」

『いいや？　オレは【邪】だ。まあ、そのほんの一欠片なんだけどよ……』

ユティは白い髪や白い瞳が印象的だったのに対し、ユティの体から抜け出した黒い靄は、形こそユティのモノだが、髪は黒く、瞳は赤い。

そんな黒い靄――――『邪』が抜け出たことで、ユティの本体はふっと力が抜け、その場に倒れ伏した。

「ユティ！」

『おっと、オレのことを無視するなんて寂しいじゃねえか』

ユティの形をした『邪』は、ニヤリとそう笑うと、身体から弓を生み出し、俺目掛けて矢を射ち出した。

「うっ!?」

「ワン！」

「だ、大丈夫だ！」

その一撃は『弓聖』の弟子であるユティのものと遜色なく、ぼーっと突っ立っていたらやられていただろう。

しかし、『邪』はそんな自身の手を苦々しく見つめた。

『チッ……一撃でこの消耗具合か。こりゃあ早いとこ次の宿主を見つけねぇとな……』

「宿主だと？」

何となく察してはいたが、この『邪』は、どうやらユティの体に入っていた『邪』の力らしい。

だからこそ、ユティの体から出てきたんだろうが……。

「なんで今さらユティの体から出てきた？」

『あ？　そりゃあコイツが用済みになったからに決まってんだろ？』

「用済み？」

『ああ。純粋でドロッドロの負の感情が溢れてたのによ。それをテメェらがダメにしちまったんじゃねぇか。だから、回復するのを待って、こうして新しい宿主を探すために出てきたんだよ』

『邪』はそう言いながら笑うと、ユティを睨みつけ、手に矢を生み出すとそのままユティ目掛けて振り上げた。

『まあ……不要なものはさっさと処理しておくかぁ！』

「っ！　させねぇよ！」

俺は一瞬で【換装の腕輪】の効果で【血戦鬼シリーズ】に一瞬で着替えつつ、【全剣】を取り出すとすぐさま【魔装】を発動し、一瞬でユティと『邪』の間に移動した。

そして『邪』の一撃を受け止めると、そのまま『邪』を切り払う。

しかし、その一撃は容易く避けられてしまった。

だが、その先でアカツキが待ち構えており、アカツキは【聖域】のスキルを発動させる。

「ブヒィ！」

『ハッ！　未熟な宿主の中にいたのならともかく、純粋な【邪】の塊であるオレを相手にするには力不足だぞ、豚ァ！』

「ブヒ!?」

「ウォン！」

なんと【聖域】が効かず、アカツキが驚きで固まっていると、そんなアカツキを目掛けて『邪』は矢を放った。

そんな攻撃はアカツキには避けることができないため、俺が急いで駆け寄ろうとすると、近くに控えていたナイトが一瞬でアカツキを咥え、その場から離脱する。

「ウォン」

「フゴ。ぶひぃ……」

「わんわん」

何とか無事だったアカツキはナイトにお礼を言いつつ、【聖域】が効かないことにしょんぼりしており、ナイトがそれを慰めていた。

俺としてもまさかアカツキの【聖域】が効かないとは思ってもいなかったので、驚いているのだが……『邪』の言葉を聞くに、どうやら宿主とやらが関係あるようだ。

未熟な宿主ってユティのことだよな……。ユティの時のように誰かの中に入っているときはアカツキの力で抑えられるんだろう。

とすると、誰かの体の中にいる状態じゃないと、今の目の前の『邪』は封じることができないのか？

あれこれ考えていると、『邪』は改めてユティを睨みつける。

『チッ。この使えなくなった入れ物をさっさと壊そうと思ったが……それをしちまうと無駄にオレの力を消費しちまう。なら、とっととここから去るべきだな』

「何？　逃がすと思うか？」

『おいおい、テメェこそオレに勝てるつもりかよ？』

「それは……」

正直……というか、かなり厳しい。

【魔装】という手も先ほど使ってしまったので、もう不意を突くことなどはできないだろう。

それに、ユティの中にいたというのなら、俺の手の内はある程度分かっているはずだし……。

俺が答えられないでいると、それこそが答えだと言わんばかりに笑みを深める。

『フン。じゃあ、オレはサクッとここから抜け出して、もっと適合できそうな宿主を探すとするさ』

「待て！」

このままじゃ、本当に『邪』の力がどこかに行ってしまう。

またユティのように被害にあう人や、暴走する人が……。

それは何としてでも阻止しないと……！

そう思った瞬間、俺は自然と口に出していた。


「なら、俺を使え！」


「ワン⁉」

「ブヒ⁉」

『……ほぉ？』

俺の提案に、『邪』はその名に相応しい邪悪な笑みを浮かべた。

『確かに、ユティの中から見ていたが、お前、あのウサギの弟子だよな？　中々強そうだったし――――。宿主は強ければ強いほどいい。まあ適合できるかは別にしてよ……』

『邪』が俺を観察するように見つめる中、俺の提案にナイトとアカツキが焦ったような声を出すが、別に無策で言っているわけではない。

この『邪』の力が本当に宿主に入っている間は宿主が大きく影響するのであれば、俺の体に一度入れることでアカツキの【聖域】で抑えられると思ったのだ。

だが、俺の考えていることは『邪』にも気づかれているようで、『邪』は笑みを深める。

『テメェの体にオレを入れることで、テメェごとオレの力を封じ込めようって魂胆なんだろうが……。ユティですらこのオレを抑えられなかったんだぞ？　それなのに……』

そこまで言いかけた『邪』は、目を爛々と輝かせると、一気に俺の体に飛び込んできた。

『その考えがいかに甘かったか後悔させてやるよ……！』

「ぐっ⁉」

「ウォン！」

「フゴ！」

ナイトとアカツキが何とか『邪』が俺の体に入るのを阻止しようとするが、『邪』は一瞬にして俺の体にすべて入り切ってしまった。

すると、まるで俺の体を内側から侵食しようと、何だかよくない力が渦巻いて——。

＊＊＊

『バカなヤツだ。自分から身を差し出すとはなぁ！』

優夜の体の中に飛び込んだ【邪】の力は、優夜の内側で凶悪な笑みを浮かべた。

『自分の体の中に封じ込めるっていう考えは悪くなかったが……オレがこうして出てくるまでに何の対策もしてないとでも思ったのかよ？』

【邪】の力は言葉通り、ユティの体の中で力を回復しつつ、次に同じ過ちを繰り返さないために対策をしていた。

『まあ、できることは限られてはいるが……テメェの心そのものが真黒く染まっちまったら……お前、死ぬかもしんねえぜ』

『邪』の力が言うように、もし『邪』の力だけが表面化するだけでなく、優夜の心そのものが『邪』の力の影響で真黒くなった場合、それをアカツキの【聖域】で浄化するということは、すなわち優夜の心そのものを消してしまうということに他ならなかった。

『さて、さっそくコイツの心を黒く染めてやろうじゃねぇか……』

舌なめずりをしながら、『邪』の力は優夜の心に手を伸ばした。

だが……。

『あ？　……な、なんだこりゃ⁉』

【邪】の力は、思わずそう叫んでしまった。

何故なら――。

『なんなんだよ、これ……こんな心、見たことねぇぞ……真っ白だなんてよ……！　黒い染みが一つもねぇ！　これ、どうすりゃいいんだ!?』

『邪』にとっても予想外だったのが、優夜の心には黒く染める手掛かりとなるような黒い染みが一つもなかったのだ。

『バカな……これじゃ何もできねぇじゃねぇか……！』

『邪』の力が相手の心を黒く染めるには、その心に黒くなる要素が必要だった。

　というのも、心を黒くするためには原動力となる負の感情が必要になるのだが、元々の気質が優しい優夜には負の感情がなく、いわゆる燃料となるものがなかった。

　そのため、黒い要素が何一つない優夜の心に、『邪』は手を出すことができない。

『こんなはずじゃ……早くここから出ねぇと……！』

『邪』の力は必死に優夜の内側から抜け出そうとするが、いつの間にか周囲が優夜の心のように真っ白になっており、出口が見当たらない。

『おいおい、マジかよ……』

呆然とその場に立ち尽くす『邪』は、そこで力の限界が近づいたことを悟る。

『何もできねぇじゃねぇか……。はは、こんな人間がいるのかよ……』

『邪』は優夜の内側で何もすることができず、ただ力なく項垂れるのだった。

＊＊＊

「……あれ？」

「わふ……？」

「ふご……？」

『邪』が俺の体に飛び込み、何だかヤバそうな力の気配が俺の体の中を渦巻いていたのだが、それは一瞬にして鎮静化し、気づけばもうほとんど残っていなかった。

何かあったときのために、アカツキに【聖域】スキルをスタンバイしてもらっていたんだが……。

「もしかして……必要なかった……？」

『そうだよ！　テメェみてぇな人間がいるなんて信じられるか!?　コンチクショウ……！』

「え!?」

不意に先ほどの『邪』の声が聞こえたため、慌てて周囲を見回すが、姿は見えなかった。

すると、不意に俺の体の内側が叩かれているような感覚がした。

「な、何だなんだ!?」

『だーから、オレはここだ！』

「え、俺の中⁉」

『そうだよ』

そりゃあそうか。体の中に取り込んだのは俺なんだし。

「えっと……何だか怖いから、アカツキのスキルで浄化されてくれないか？」

『嫌だよ、なんで自分から消えに行かなきゃいけねぇんだよ⁉』

まあ好き好んで消えたい人はいませんよね。人って言っていいのか分からないけどさ。

そんなことを考えていると、『邪』は不貞腐れたような声を出す。

『ケッ……テメェの体を心から乗っ取ってやろうと思ったのに、負の感情がまったくない心じゃ、何もできねぇじゃねぇか。こんなことなら、そこに転がってる女の中にいるほうがマシだったぜ……』

「そうだ……ユティ！」

『邪』の言葉で、ユティのことを思い出した俺は、急いでユティに駆け寄る。

すると、ユティは少し唸った後、静かに目を開けた。

「んん……ここは……？」

「俺の家の庭だ。大丈夫か？」

「……肯定。少し体が痛む。けど、さっきよりむしろ体の調子がいい」

ユティはその場に起き上がりながら、不思議そうに自分の体を見下ろした。

なので、先ほど起こった『邪』のことなどを説明すると……。

「理解。その黒い靄、『邪』の力の欠片。私が『邪』に復讐しようと思ったから、『邪』がそれを察知した。だから、体から出てきた」

「な、なるほど……」

「質問。今その力、ユウヤの中？」

「まあ一応な」

そう答えると、ユティは目を大きく見開いた後、すぐに表情を曇らせる。

「不安。大丈夫……？」

ユティはどこか不安げな様子で俺を見上げた。

俺としてもユティを安心させてやりたいが……。

「正直、分からない。今のところは何ともないし、その『邪』の力も俺の中から声をかけてきたんだけど、どうやら俺の体を乗っ取るのに失敗したらしいからな。というより、『邪』が体の中にいるとこんなに話しかけられるもんなの？」

「肯定。私も、その声がずっと聞こえてた。人間に復讐しろとか、憎いだろ、とか……」

「うわあ……」

そんな声がずっと聞こえれば、それは心も病むよね。

「結果。私、その声を無視できなかった。そして、復讐を抑えることも」

「まあ……ここまでうるさいと、無視できないだろうなぁ」

『うるさいとはなんだ！』

そういうところです。

だが、そんな『邪』の力の言葉はユティには聞こえないらしく、真剣な表情で口を開く。

「予測。恐らく、私の中、長くいた。だから、私の形になった。それがユウヤの中にいる。声をかけてくる」

「なるほどなあ……」

『邪』の力は、ユティの中で長くいたから、ユティの形が一番形成しやすかったのかもな。

だとしても、あの姿は完全にユティの髪や瞳の色が変わっただけで瓜二つだったが……

あそこまで人間っぽくなれるんだな。

そんなくだらないことを考えていると、オーマさんが欠伸をしながら庭にやって来た。

『ふわあ……何だか妙なことになっているな、ユウヤ』

「オーマさん」

オーマさんは、俺の家で過ごすようになってから、今のように名前で呼んでくれるようになった。

最初のうちは小僧だの貴様だの結構散々な呼ばれ方だったので、何だか感慨深いが……。

『スンスン……前はユティの方から【邪】の臭いが漂っていたというのに、今はユウヤの方から臭っている。いったい何をした？』

「それが……」

たった今起こった出来事を改めてオーマさんに教えるも、オーマさんは自分で聞いておきながらあまり興味がなさそうで、大きな欠伸をした。

『ふわ……まったく、【邪】の連中は余計なことしかせんな。いっそのこと滅ぼしに行くか？』

『ビクッ！　おい、まさか……そいつ、伝説の竜か……!?』

「あれ？　どうした？」

すると、さっきまで俺の中でうるさかった『邪』の力が、オーマさんの前ではすごく大人しいことに気づいた。

なので思わず中にいる『邪』の力に声をかけると、焦った様子で言葉を返す。

『て、テメェ！　伝説の竜けしかけるとか卑怯だぞ！　てか、伝説の竜って存在してたのかよ!?』

「卑怯って……まあ実際存在してたとしか言いようがないかなぁ。それに、『邪』が何を企んでるのか知らないけど、オーマさんが俺のそばにいる時点でそこまで大それたことはできないんじゃない?」

『おまっ！　伝説の竜が実在するなんて誰も思わねぇだろ!?』

そりゃそうだ。俺たちも最初はそう思ってたし。

俺と『邪』の力で言い合っていると、オーマさんはまた背を向け、家に戻っていく。

『冗談だ。そのような面倒なことはせん。我には人間の事情などどうでもいいからな』

「どうでもいいって……」

『だが、この家にちょっかいをかけてきた場合は……考えてやらんでもない』

「オーマさん……」

まさかそう言ってくれるとは思ってもいなかったので思わず感動していると、オーマさんは照れた様子で足早に去っていく。

すると、家に入る直前で何かを思い出した様子のオーマさんは、振り返ると俺に声をかけた。

『ユウヤ』

「はい？」

『その【邪】に心を奪（うば）われるなよ』

「え？」

『【邪】に魅入（みい）られると……死ぬぞ』

「ええ!?」

し、死ぬの!?　いや、危険な力だってことは分かってるけども……！

驚（おどろ）く俺をよそに、オーマさんは鼻で笑った。

『……まあ、使いこなせれば強くなれんこともないがな。せいぜい己（おのれ）の糧（かて）とできるよう、努力するんだな』

それだけ言うと、今度こそオーマさんは、家の中に入っていった。

「使えるって……え、『邪』の力って自分のいいように使いこなすことができるの？」

『ハッ！　誰がテメェなんかのために……！』

「すいませーん！　オーマさん、この『邪』なんですが……」

『はいはい、分かりましたよ！　もちろんお前次第（しだい）だけど、使いこなせるようになるヤツもいるみたいだぜ』

なんと。驚いたことに、『邪』の力は自分の自由意思で使いこなせるようだ。

　それにしても、オーマさんの名前を出すだけでここまで素直になるなんて……ある意味便利だなぁ。

『鬼だ……てか詐欺だろ……コイツの心のどこが真っ白なんだ……』

　それは俺も知らないです。

　悪態を吐く『邪』の力をよそに、俺はユティに訊く。

「オーマさんの話だと『邪』の力が使いこなせるようになるらしいんだけど……どうすればいいか分かるか？」

「不明。私、発動方法は分かる。でも使いこなせない。暴走する」

「なら、発動方法だけでいいから教えてくれる？　いざというときのためにも知っておいたほうがいい気がして……」

　というのも、この『邪』の力の元の持ち主……いわゆる本体らしき存在が襲ってきたとき、現状俺の力だけだとどうすることもできないのだ。だから、発動方法だけでも知っておくことで、その脅威への対策にもなるし、何なら『邪』の力が暴走した時に、自分の力で制御できるかもしれないからな。

　ここ最近、【魔装】のようにいつもの筋トレやウサギ師匠からの修行に加え、色々やっているのだが、さらに『邪』の力を使いこなすための修行まで追加されることになるのか……。

正直なところ、時間がいくらあっても足りないな。

とはいえ、今日はさすがに疲れた。

修行にユティも付き合ってくれるはずだったが、『邪』の力が抜けたことで何か影響があっても怖いので、今日はこのまま休むことにしよう。

俺たちもオーマさんのように家の中に入ろうとした瞬間、突然上空から俺の庭に何かが落ちてきた。

俺の庭は空にも賢者さんが張り巡らせた結界というか、バリアらしきものがあるので、落ちてきたものは俺たちに害のないもののはずだが……。

驚きで固まる俺たちだったが、やがて土煙が晴れると見知った顔がそこから現れた。

「ウサギ師匠⁉」

《久しぶりだな》

確かに久しぶりなウサギ師匠その人だった。

ウサギ師匠は俺たちに近づこうとするが、何かを察し、俺から距離をとる。

「え、ウサギ師匠？」

《……答えろ。何故、お前の体から『邪』の気配がしている？》

すさまじい殺気を叩きつけられ、思わず足が竦む俺だったが、ウサギ師匠はそのままユティに視線を移し、怪訝な表情を浮かべる。

《ん……？　何故、ユウヤから『邪』の気配が漂い、ユティの中にあった『邪』の気配が消えているのだ？》

「そ、それは……」

俺は何とかウサギ師匠からの威圧に耐えながら、今までの説明を終えた。

すると……。

《はあ……貴様は人類史上最もバカだな。自らの身を差し出すとは……》

返す言葉もございません。

よくよく考えれば、もっとやりようはあったはずなのだ。それを俺はとっさの判断で自分自身を差し出したんだから、バカと言われても仕方ないだろう。でも人類史上最もバカとまで言われるとは思わなかったけど。

ウサギ師匠は俺に向けていた威圧を消すと、ため息をつく。

《お前は一つの力もまだ極められていないのに、次から次へと新しいものに手を出すな》

「まったくもってその通りでございます」

《……とはいえ、予想外だったのはお前の中に入った『邪』の力が、お前に対して何もできなかったことだがな。これはある種朗報だ。その力を使いこなせれば、確実にお前の力になるだろう。だが、心を奪われないようにな》

「き、気を付けます……」

どんな状況なら『邪』の力に心を奪われることになるのか今は想像がつかないが、気を付けよう。

改めて自分の体の中に入った力が、どれほど凶悪で扱いづらいものなのか再認識していると、俺はふと気になったことを訊ねる。

「そういえば……何か用があってここに来たんですか？」

《む？　ああ……まあこっちに来る用事があったからな。そのついでに様子を一度見に来ただけだ》

「用事？」

《フッ……お前が気にする必要はない。せいぜい修行に励め》

「はあ……」

よく分からないが、そう言われてしまえば何も言えない。

まあウサギ師匠に限って、何かあることはないだろう。

そんな風に思っていると、ウサギ師匠は俺たちに背を向けた。

《では、邪魔したな》

そしてそのまま空中に跳び上がると、以前と同じく空中を足場にし、そのままどこかへ飛んで行ってしまうのだった。

＊＊＊

《……》

優夜の家から去ったウサギは、それから数日間ずっと【大魔境】の上空を移動しまわっていた。

そして、空中を移動しながらこの【大魔境】を訪れた理由である、とある情報を思い返していた。

《『拳聖』……》

それは、同じ『聖』を冠する『拳聖』が『邪』に堕ち、今この瞬間も『聖』たちを次々と殺す『聖狩り』を行っているというものだった。

それを阻止するべく、『蹴聖』という蹴りの頂点と『拳聖』という拳の頂点ということで、何かと競い合うことの多かったウサギが自ら探しに向かっていたのだ。

そして今、その『拳聖』もウサギのことを探しまわっているらしく、この【大魔境】に来ているとと情報が入ったのだ。

だからこそ、広大な【大魔境】の土地をウサギは何日もかけて上空から見下ろし、『拳聖』を探している。

しばらくの間、【大魔境】上空を移動していると、不意にすさまじい殺気がウサギを襲う。

《ッ！》

その殺気に反応したウサギは、すぐさま進行方向に強烈な蹴りを放つことで急停止し、そのまま空中で方向を変えると、殺気の元に猛スピードで突っ込んだ。

そして――――。

《――――ギルバート》

「――――よぉ、ウサギ」

そこには、『拳聖』――――ギルバート・フィスターが、不敵な笑みを浮かべて立っているのだった。

第六章　覚醒（かくせい）

「――――フッ！」

『邪』の力が俺の体に入ってから、オーマさんやウサギ師匠の言葉通り、その力を使いこなすよう修行を始めた。

もちろん、今までやってきていた修行も疎（おろそ）かにできないので、同時並行でやる形となるのだが、やはりそれではなかなか上達しない。というより、発動する兆（きざ）しすらない。

「っぷは！　全然使えない……これじゃ、強くなれないな……」

思わずそう呟（つぶや）くと、俺の中にいる『邪』がからかうような口調で声をかけてくる。

『へっ。お前にゃ無理だぜ？』

「なんで!?　もしお前のせいだって言うんなら、オーマさんを……」

『すぐ伝説の竜（りゅう）を出すんじゃねぇよ！　伝説の竜ならもっと出し惜（お）しみしろ！』

「そんなこと言われても……」

『それに、お前がオレを使えないのは、オレのせいじゃなく、お前の心が白すぎるからいけねぇんだよ』

「はい？　どういうこと？」

『そのまんまの意味だよ』

うーん、よく分からん。

とりあえず、『邪』を使いこなす訓練はここまでにして、次はユティとの訓練だ。

ある程度休憩を終えると、ユティに声をかける。

「準備、できたよ」

「了解。いつでもいい」

ユティとの修行は、俺の【魔装】を維持した状態で戦うためのもので、その訓練に付き合ってもらっていた。

そして――――。

「じゃあ……行くよッ！」

俺はその場から駆け出すと、一瞬で【絶槍】を取り出し、突き出す。

「甘い」

ユティはその攻撃を軽やかに避け、そのますさまじい量の矢を連射してくる。

「マジかよ……！」

それを俺は必死に【絶槍】で捌くが、一撃一撃がとても木でできた矢とは思えないほど重く、そこから先に進むことができない。

「ならこれはどうだ……！」

「む」

俺は片手で【絶槍】を回転させ、頭上から降り注ぐ矢を防ぎつつ、空いたもう片方の手を地面に向けた。

そしてすぐさま脳内で台風の目をイメージしつつ、魔法を発動させた。

すると、俺のイメージ通りに魔法が発動し、俺を中心に暴風が吹き荒れる。

そのおかげで矢が逸れると、俺はそれを機に一気にユティへと飛び掛かりながら、【絶槍】を投げつけた。

「ハアッ！」

「フッ！」

しかし、その攻撃をユティは巧く手にした矢で受け止め、そのまま衝撃を流し、攻撃を逸らした。

だが、今のは【絶槍】でダメージを与えることが目的ではなく、一瞬の隙を作ることが目的だった。

「ハッ！」

俺は新たに手に【全剣】を出現させると、隙を見せたユティに斬りかかる。

「無駄。それじゃ、届かない」

「なっ⁉」

しかし、ユティはさらにスピードを上げると、俺の攻撃から難なく逃れた。

こうなってくると、もはや『弓聖』の弟子であるユティの独壇場となってしまい、俺はもう近づくことができなかった。

どちらかが倒れるといった決着ではなかったが、どう考えても俺の負けだろう。始終圧倒されていたし。

修行がひと段落着いたことでその場に腰を下ろし、一息ついていると、ユティが近づいてくる。

「ユウヤ」

「ん？」

「ダメ。ユウヤ、本気じゃない」

「ええ？　俺は十分本気だったと思うけど……」

「肯定。それは確か。でも、ユウヤ、まだ『邪』の力、使ってない」

「あ、ああ……でも、まだ使えないからさ……」

「最終目標。『邪』と今の戦闘で使っていた【魔装】の力の併用。そのために、『邪』の力、使えるようにする」

「うーん……それは分かってるんだけどな……」

俺は思わずその場に寝っ転がると、体内の『邪』に声をかけた。

「本当に、なんでお前の力が使えないんだろうなー」

『あん？　お前、そんなにオレの力が使いたいのかよ？』

「まあね。この世界は俺の予想以上の存在がたくさんいて、そんな存在から身を守るためにはなるべく手段が多い方がいいしさ。それに、こうしてお前が俺の中にいるんだから、一緒に戦いたいじゃん？」

『ハッ。言ってるだろ？　お前の心はオレと反対だ。そんな人間とオレが一緒に戦えるかよ。そもそも相性が悪い』

「うーん……そうなのかな？　こうして話している俺はとても楽しいし、相性が悪いとは思えないんだけどなぁ……」

『……フン』

俺の言葉に、『邪』は一度黙ると、再び口を開いた。

『……オレも、何だかんだお前との生活は悪くねぇよ』

『邪』の力を手に入れてから使いこなせるように訓練を始め、しばらくの間『邪』とは一緒に過ごしてきたわけだが……気づけば最初のころのように隙あらば俺の心を乗っ取ろうとしなくなっていた。

それどころか、俺のやることなすことすべてに興味を持ち、さらに地球という未知の世界に目を輝かせ、楽しんでさえいた。

『それに、お前だけじゃなく、地球っていう異世界が楽しいのも大きい。だからあの伝説の竜がお前につくのも分かるなー。この世界で生きてちゃ知らない世界が見られるんだぜ？　【聖】とか【邪】とか、ちっぽけな争いに思えてくるよな』

「お前の力の本体もそう思ってくれればいいのに……」

『いやー、それは無理だな。本体はこの世界の負の感情そのものだしな。それに比べ、オレはそのカスみたいなもんだから気楽なもんさ』

俺としては気楽ではないんですけどね！

『邪』の本体もコイツみたいに丸くなってくれればいいのにと、思わずにはいられなかった。

「まあいいや。今日はここまでにして戻ろうかな？　日課の修行は全部終わらせたし

「……」

「肯定。休息も大事」

ある程度息も落ち着いた俺は、ユティや俺たちが修行している間庭の隅で遊んでいたナイトたちと一緒に家に戻ろうとした……その時だった。

「ッ⁉」

「グルルル……」

「ん？　どうした？」

突然ナイトとユティが足を止め、家の庭の入り口に鋭い視線を向けた。

すると――――。

「っ⁉」

すさまじい轟音が、家の近くで響き渡った。

「何だ何だ⁉」

「不明。でも、確実に戦闘音」

「戦闘⁉」

この場所が異世界の中でも凶悪な【大魔境】とはいえ、今までこんな轟音を聞いたことがなかった。

「い、いったい何が戦ってるんだよ……」

「不明。でも、このままだとここが危険」

「ユティ!?」

賢者(けんじゃ)さんの家の効果を詳(くわ)しく知らないユティが、そういうといきなり駆け出して音のほうに向かってしまった。

「お、俺たちも追いかけるぞ」

「ワン！」

「ブヒ？」

すでに準備万端(ばんたん)といった様子のナイトとは別に、のんびり転がっているアカツキを抱(だ)きかかえ、ユティの後を追う。

アカツキは戦闘力がないので、家にいたほうがいいかもしれないが、もしこの音の正体がまた『邪』のような相手だった場合、アカツキがいないと何もできずにやられてしまうからな。

そう思いながら追いかけ始めたところで、オーマさんを家に残したままだったことに気づいた。

「しまった……オーマさんに付いて来てもらえれば……」

そう言いかけた俺だが、オーマさんは来ないだろうなと考えを改めた。

それは、今現在オーマさんは地球の家で寝ており、元々数千年も眠るような竜だからか、一度眠ると中々起きないのだ。

それに起きたとしても、人間や【聖】と【邪】といった戦いにそもそも興味がないため、何もしてくれないだろう。

俺はすぐさま【魔装】を展開し、トップスピードになると、ユティに追いつく。

「来た」

「いや、来たけど……あまり先に行かないでくれ。心配する」

「……ごめんなさい」

俺の言葉にユティは微かに目を見開いた後、視線を逸らしつつそう呟いた。

そのまま無言で【大魔境】を駆け抜けていると、ふとあることに気づいた。

魔物がいない……？

いつもならこんなトップスピードで走っていようが、お構いなしに魔物が襲い掛かってくるのだが、何故か先ほどから魔物と一切遭遇しないのだ。

そのことにユティも気づいたようで、同じように怪訝な表情を浮かべている。

言い知れぬ不安を抱きながら進んでいくと、ついに音の源にたどり着いた。

そして――――。

「あ？　誰だ、テメェら」

《ユ……ユウ、ヤ……？》

「ウサギ師匠……？」

そこには、『邪』の暗いオーラを体から噴出させた、ドレッドヘアの男が、ボロボロになったウサギ師匠の首をつかみ上げている姿があった。

あまりにも現実味のない状況に、俺だけでなくユティたちも固まる。

すると、男は摑んでいたウサギ師匠を無造作に放り投げた。

「ハッ！　なるほどな、コイツがテメェのお気に入りの弟子ってワケかよ？」

《ユウヤ……に……手を、出すな……！》

「はあ？　俺様より弱いテメェに、何かを命令する権利はねぇ」

男はそのままウサギ師匠を踏みつける。

「お前……！」

《来る、な……！》

「どうして⁉」

俺がすぐさま駆け寄ろうとすると、ウサギ師匠は声を振り絞ってそう叫んだ。

《今すぐ、ここから、逃げろ……！》

「に、逃げろって……そんなことできるわけないでしょう!?　ユティ、アイツに攻撃を仕掛けるから援護してくれ！」

「……ダメ」

「は？」

俺はユティの口からこぼれた言葉が信じられず、思わずユティを見る。

すると、ユティはガクガクと震えながら、男を見ていた。

それはユティだけでなく、アカツキとナイトでさえ、男に怯えた様子を見せている。

「どうしたんだよ、皆!?」

「ユウヤ、分からない？　アイツ、ヤバい。師匠や『蹴聖』、比べ物にならない。化物」

「ば、化物って……」

ユティの言葉に絶句していると、男は俺を心底見下した様子で鼻で笑った。

「ハッ……ウサギ。テメェの弟子がどんなもんかと思えば……彼我の戦力差すら分からねぇザコだとは思わなかったぜ。なあ？」

《ぐぅ!?》

「お前……！」

ウサギ師匠をいたぶるように踏みつける男に、俺は耐え切れず突撃しようとした瞬間、男は非常に冷たい目を俺に向けた。

「ウゼェ」

「――――」

その一言に乗せられた殺気に、俺は否応なしに理解させられてしまった。

目の前の男との力の差を。

そして、その殺気に俺は体の震えが止まらず、動くことができない。

『あーあ……ヤバいヤツ来ちまったなぁ。アイツ、【邪】の中でも手が付けられねぇ問題児じゃねぇか。ま、運がなかったなー』

「は？　どういう……」

『ユティとはけた違いの【邪】の使い手ってことだよ。ありゃあ一種のバケモンだな』

他人事な俺の中にある『邪』の言葉すら、俺にはひどく遠く聞こえた。

恐怖に体が動かなくなった俺に対し、男はすでに興味が失せたようでウサギ師匠を見下ろしている。

「おら、無様なもんだな。テメェが威張り散らして教えてる弟子の前で、この俺様に殺されるんだからよぉ」

「それにしても……もっと楽しめるかと思ったんだがなぁ。とんだ期待外れだぜ。なあ!?」

《ぐっ……》

男はウサギ師匠を踏みつけていた足をどかすと、そのままウサギ師匠を蹴り上げた。

《ガッ……!》

「どうよ、天下の『蹴聖』様から見た俺様の蹴りはよぉ!? 効くだろ? あ?」

そのまま転がるウサギ師匠の耳をつかむと、無理やり立たせ、厭らしい笑みを浮かべながらそういう。……やめろよ……。

「まあ安心しろよ。テメェをサクッと殺した後は、そこの有象無象も適当に処分してやるからよ。ほら、俺様って優しいじゃん? ゴミは塵一つ残さず消すのがいいと思うのよ。な? だからさ、せめてゴミの有効活用として、俺様が楽しく遊んだ後、綺麗サッパリ消してやるからさ」

《や……め、ろ…………》

「だーかーら……雑魚に選択肢はねぇって言ってんだろうがッ!」

男はウサギ師匠を何度も何度も踏みつける。やめろよ……。

なんで動いてくれないんだよ、俺の体はよ……。

「そうだ、いいこと思いついたぜ。ウサギ、テメェを蹴り殺すってのはどうだ？　それでいっそのこと『蹴聖』の座を俺様がいただいちまうってわけさ。ひゅー！　俺様、やっぱ天才じゃね？　なあ？」

《う……》

「おいおい、何か答えろよ、なあ！」

何度も何度も、執拗にウサギ師匠を蹴りまくる男。

それは、『蹴聖』を冠するウサギ師匠にとって、とても屈辱的なことだろう。

「やっぱ反応ねぇとつまんねぇな。よし、もう殺すか」

男はあっさりとそう宣言すると、再び俺たちに視線を向ける。

「おら、よく見とけよ？　『蹴聖』が俺様に蹴り殺される瞬間を。そして、新たな『蹴聖』誕生の瞬間をよぉ！」

勢いよく足を振り上げ、男は躊躇いなく振り下ろした。

その僅かな時間、俺の目の前の世界がスローモーションになって、まるで走馬灯のように流れ始めた。

やめろ、やめろよ、やめてくれよ。

動けよ、動いてくれよ。なんで動いてくれないんだよ。

なんで、ウサギ師匠がやられてるのに、俺は動くことができないんだ？

そもそも、目の前の男は何なんだよ。

ウサギ師匠をそんなボロボロにして……。

――絶対に、許さない。

＊＊＊

『拳聖』により、今まさにウサギが蹴り殺されそうとしている中、優夜の中にいる『邪』の力はくつろいでいた。

『いやあ、マジで運が悪いな。アイツ、あのユティって小娘と違って、完全に【邪】の力に適合した存在なんだもんなぁ……そのうえ【聖】としての能力持ちって反則もいいところだぜ』

つまらなそうに呟きながら、『邪』の力は寝転がる。

『あーあ、最近は面白くなってきたってのに、ここの生活も終いかよ。ユウヤが殺されれば、オレはまた宿主探しかー。めんどくせぇなー』

そう呟いた『邪』の力は、力なく座りこんだ。

『……いや。やっぱり……つまんねーな』

優夜の中にいる『邪』の力は、そう言った。

もともと相容れないはずの『邪』であるはずなのに、そのことを踏まえたうえでずっと話しかけたり、話に答えたりしてくれる優夜と確かに絆が生まれていたのだ。

だからこそ、今まで『邪』の一部でしかなかった自分自身に新たに芽生えた感情が、心地よかった。

『興醒めだよな……ここで別れるなんてよ。でも、アイツが相手じゃ……』

力なく『邪』の一部がそう呟いた瞬間だった。

突如、真っ白い空間だったはずの優夜の内側が、すさまじい速度で黒く染まっていく。

『な、何だ⁉』

その黒は、くつろいでいた『邪』の力すら飲み込む。

『うっぷ⁉　ど、どうした、何が起きてる⁉』

経験したことのない事態に戸惑う『邪』の力だったが、そこでようやく今の優夜の心情を察した。

『おいおい……こんなの、ユティどころか他のヤツでも見たことねぇぞ。なんだ、この真っ黒な心はよ……』

そのうえで、ずぶずぶと自分のことさえ沈めこもうとする優夜の黒い闇に対し、『邪』

の力はニヤリと笑った。

『まあいいぜ、ユウヤ。本来ならここでオレがお前を乗っ取るところだが、今回はオレも力を貸してやるから、せいぜい使いこなしてみな。その代わり――』

そして、『邪』の力の赤い瞳が怪しく光った。

『負けたら許さねぇぞ』

＊＊＊

「あばよ、ウサギィィィイイイ！」

勢いよく振り下ろされる『拳聖』の蹴り。

その一撃は、蹴りが得意ではない『拳聖』とはいえ、恐ろしい威力が込められているのは見てとれた。

ユティだけでなくナイトたちですら、『拳聖』の殺気や威圧で動けず、誰もがそのままウサギの命が終わるのを想像した。

だが……。

「あ？」

「……」

「ッ⁉　ゆ、ユウヤ⁉」

《う……？》

いつの間にか優夜がウサギと『拳聖』の間に割り込み、その蹴りを素手で止めていた。

しかも、優夜の体からは、『拳聖』と同じように『邪』のオーラが溢れ出ている。

その事実にユティたちが驚く中、『拳聖』は一気に不機嫌になる。

「おい、テメェ……雑魚の分際で、誰の許可を得て俺に触れてやがるんだ？　ああ⁉」

そして足を掴んでいる優夜を蹴り飛ばそうともう片方の自由な足で蹴りを放った。

だが、優夜はアッサリと『拳聖』の足を放しつつ、その攻撃をかわす。

「何⁉」

「……」

そのまま優夜はまるで『拳聖』などいないかのように、『拳聖』に背を向け、ウサギを抱きかかえた。

「お、おい……テメェ、何してる……？」

「……」

「何してるって……聞いてんだろうがあああああああああ！」

無視されるという、プライドを傷つけられる行為に、『拳聖』は叫びながら拳を振り上げた。

その拳は一瞬にして音速を超えると、周りに衝撃波を纏い、周囲の木々や地面を吹き飛ばしながら優夜に迫る。

だが……。

「な、何だとぉ!?」

優夜はその攻撃を無感情に見つめると、難なく躱した。

「どうなってやがる……何が起きたっていうんだよ!?　テメェ、今まで実力を隠してやがったのかよ!?　あ!?」

「……すごい……力が漲る……この世のすべてを壊せそうだ」

『拳聖』の存在を無視し、自身の世界に浸る優夜に、『拳聖』は怒りを隠しきれなかったが、その怒りはすぐに獰猛な笑みに変わった。

「は、ハハハ！　いいねぇ、いいじゃねぇか！　そこのウサギよりテメェのほうがよっぽど楽しめそうだぜ！」

「……」

「……そのスカした態度がいつまでもつのか知らねぇが、ガッカリさせんじゃねぇぞ！」

『拳聖』は両手をまるで獣の爪のような形にすると、そのまま上下からそれぞれ勢いよく挟み込むように動かした。

「食らい尽くせ、【顎】！」

すると、空気の牙が、優夜をまるで食らい尽くすかのように襲い掛かる。

「ユウヤッ！」

そんな攻撃を前にしても、避ける素振りを見せない優夜に、ユティは思わず叫んだ。

「――――こうか？」

「は？」

すると、優夜は『拳聖』と全く同じ動きを、その場で再現した。

そして、優夜の両手からも大気の牙が生まれ、『拳聖』の牙と激突する。

だが、優夜の牙の方が圧倒的に大きく、『拳聖』の牙は簡単に飲み込まれ、そのまま『拳聖』へと襲い掛かった。

「ば、バカな⁉」

その攻撃を転がるようにして避けると、先ほどまで『拳聖』が立っていた場所が、そこだけ空間がくり抜かれたかのように地面や木々が、綺麗に消えていた。

「ふ、ふざけやがって……なら、これはどうだ⁉」

『拳聖』は距離をとるのをやめ、本来得意とする間合いにまで詰め寄ると、一気に攻勢に出た。

「【破天衝】おおおおおお！」

それは超至近距離から繰り出される、最小の動きにして最大の破壊力を誇る『拳聖』の必殺技とも呼べる奥義だった。

しかも、普通ならそのような超高等技術は一撃でも繰り出せればいいものの、『拳聖』は異なり、必殺の一撃を連続して叩き込むことができた。

この技を食らえば、外部だけでなく内部までもが破壊つくされ、周囲にはその破片が散らばることになる。

しかし……。

「こうか」

「あ？」

優夜は無感動に『拳聖』の奥義を易々と真似、すべて『拳聖』の拳に合わせて放った。

その結果……。

「があああああああ!?　お、俺様の腕があああああああ!?」

本来独壇場であるはずの拳の勝負に、『拳聖』はあっけなく敗北した。

そして、『拳聖』の腕は砕け散り、もはや残っていない。

「腕、腕が！　俺様の、う、腕が！　なんで、どうして!?」

「吠えるな」

「ひぃ!?」

ここに来て、『拳聖』は初めて自分の死というものを実感した。

『拳聖』が初めてまともに見た優夜の身体からは、黒いオーラが怪しく揺れながらにじみ出ており、瞳は赤く光っている。

自身の誇りにして最大の武器である両腕を失い、無様に転ぶ『拳聖』に対し、優夜は無表情で見つめたままだった。

「どうした？　戦いたいんじゃないのか？」

「い、いや……」

「いや？　それは認められない」

優夜はおもむろにアイテムボックスから【完治草のジュース】を取り出すと、無造作に『拳聖』に振りかけた。

すると、先ほどまで失われたはずの『拳聖』の腕が、生えてきた。

「は？　お、俺様の腕！」

「何をしている？」

りを叩き込んだ。

腕が治ったことで調子を取り戻しかけた『拳聖』だったが、その顔に容赦なく優夜は蹴
「が、がは……て、テメェ……！」

「……」

「な、何なんだよ、その目は……そんな目で、俺様を見下すんじゃねぇぇぇぇぇぇぇぇ！」

そこから優夜に対して次々と繰り出される『拳聖』の技だったが、そのすべてが優夜に
よって一瞬で真似され、倍以上の威力となって返ってくる。

そしてここに来て、ようやく『拳聖』は悟った。

腕を治されたことが、地獄の始まりだということに。

どれだけ自分が全力を尽くしても、優夜にはかすりもしない。

それどころか、無様に転がる自分が生み出されるだけ。

腕が吹き飛び、足が捥げ、腹に穴が開いても、優夜はアイテムを使って治癒を施し、戦
いを強制し続けた。

優夜は、ただひたすらに『拳聖』に苦痛を与え続けた。

なんだ、これは。なんなんだ、これは……！

「ああ？　ぎょへ？」

「も、もう嫌だ……やめて……！」

「嫌だ？　やめて？　お前が望んだんだろう？　強者との戦いを」

確かに、『拳聖』は強い者との戦いを望み、『邪』の力を手に入れ、『聖狩り』を始めた。

だが、今『拳聖』の身に起きているのは、そんな強者との戦いではない。

一方的な蹂躙だった。

それでもまだ攻撃を続けようとする優夜に対し、『拳聖』からの威圧や、優夜の変わり様といった衝撃からようやく抜け出せたユティが、慌てて止めに入った。

「ダメ。ユウヤ」

「そこをどけ」

「どかない。それ以上は、戻ってこれない」

「戻ってこれない？　おかしなことを言う。俺はただ、相手の望んだことを叶えているだけだ」

「否定。いつものユウヤに、戻って。アカツキ！」

「ブヒィ！」

ユティの呼びかけに、アカツキは待ってましたと言わんばかりにすぐさま【聖域】のスキルを発動させた。

すると、優夜は一瞬顔をしかめた。

「っ！　これ、は……」

「落ち着く。優しいユウヤ、戻る」

「……優しい？」

その一言で、優夜は再び無表情となった。

「優しさが何になる？　何にもならない。何も救えない。そんなものは不要だ」

「否定。不要なのは、オマエ。ユウヤに体を返せ」

「これが俺だ」

「違う」

「……そうか。邪魔をするというのなら、お前も消そう。何かを守る必要があるから、人は弱くなる。なら、ない方がいい」

「っ⁉」

ゆっくりと伸ばされる優夜の手に、ユティは思わず体を竦めると……。

「？」

「あ……」

突然、優夜の動きが止まった。

「なん、だ？」

優夜の中に残った微かな本能が、最後の一線を食い止めていた。

そんな自分自身を冷酷に見つめ、吐き捨てる。

「お前自身がこうなることを望んだというのに……それをお前が否定するのか」

『――ずいぶんと面倒なことになっているな』

「お、オーマさん！」

すると、そんな状態の中、欠伸をしながら家で寝ていたはずのオーマがゆっくりとんできた。

そんなオーマに、ユティは駆け寄る。

「懇願。お願い、助けて。ユウヤが、戻ってこない」

『仕方ないな』

ユティの頼みに、オーマは呆れた様子でそういうと、優夜に視線を向ける。

『本当ならば、このようなもの、我が出るまでもないがな』

「オーマ……？」

『……まったく、世話のかかる主だ。【邪】の力程度、さっさと使いこなさんか』

そう言いつつも、オーマは苦笑いを抑えることができなかった。

『まあ……それもユウヤらしいがな。優しすぎるというのも困りものだ。ほれ、アカツキ！』

「ブヒ……？」

オーマは自分の力で優夜を救うことができなかったと落ち込むアカツキに、とあるものを投げた。

それをアカツキは口でキャッチすると、思わず飲み込んでしまう。

「ぶ、ブヒィ⁉」

『安心しろ。我が飲んだ薬と同じだ』

「オーマさんと？」

『なんだ、覚えておらんのか。確か、【大小変化の丸薬】だったか？』

「ど、どうしてそれを？」

ユティのもっともな疑問に対し、オーマはニヤリと笑った。

『そんなもの、大きくなるために決まっているだろ』

「え？」

『ほれ、アカツキ！　とっとと大きくなって、スキルを使うんだ！』

「ふ、フゴォ？」

よく分かっていないアカツキは、オーマに言われるがまま何とか体を大きくし始める。

するとどんどんアカツキの体が膨れていき、周囲の木々や、優夜たちがアカツキの毛に埋もれていく。

「これ、は……」

優夜はされるがまま、迫りくる毛に埋もれる。

――アカツキは、まるで最初に出会った時のオーマのように、超巨大になった。

その瞬間、アカツキが【聖域】のスキルを発動させた。

「フゴオオオオオ！」

アカツキの【聖域】は【大魔境】全体に行き渡り、優しい光が周囲を包み込む。

そして――――。

「も、モフモフだ」

――黒いオーラが消えた、いつも通りの優夜が、アカツキの毛に包まれながら幸せそうに笑っていた。

そんな優夜の様子を見て、先ほどまではとても近づける雰囲気ではなく、さらにはもう【聖域】のスキルでさえ、優夜を元の状態に戻すことができないと思っていたユティは、一瞬で優夜が元に戻ったことで驚いた。

「驚愕。どうして？」

『簡単なことだ。アカツキ本体が大きくなることで、スキルの効力も大きくなったのだ』

オーマは喉の奥を鳴らしながら笑うと、大きくなったアカツキに呼びかける。

『おーい、アカツキ。もうよい。戻れ』

「フゴォ？　ブヒィ」

大きくなったことで間延びした返事が響くと、アカツキはどんどん小さくなっていった。

小さくなっていくアカツキを少し残念そうに見つめていた優夜は、やがてハッとすると周囲を見渡した。

「あ、あれ？　俺……どうしたんだ？　それに、アカツキがなんで大きくなってたんだ……？」

「ユウヤ、よかった」

「へ？」

ユウヤは笑みを浮かべながら近づいてくるユティを見て、間抜けな表情を浮かべる。

そして何かを思い出すと、再び慌てながら周囲を見回した。

「そ、そうだ、ウサギ師匠は!?」

《——俺なら無事だ》

姿で立っていた。

優夜の呼びかけに、先ほどまでボロボロだったはずのウサギは、いつの間にか完治した

「ウサギ師匠……！」

「あれ、ウサギ師匠。傷はどうしたんです？」

《それはお前、あんなでかくなった豚の近くにいれば、そのスキルの恩恵を俺も受けることができるのも当たり前だろう》

「よ、よかった……いや、何が何だかサッパリだけど……」

《それはおいおい説明してやる。それよりも……あの竜は何だ⁉　前はいなかっただろう⁉》

「へ？　オーマさんですか？　……そういえば、ウサギ師匠とオーマさんが出会うのは初めてでしたね」

改めてオーマさんが俺にテイムされた話をすると、ウサギ師匠は頭を抱えた。

《何だ、伝説の竜をテイムするとは……というより、そもそもテイムできるような存在なのか……？　俺たちが生み出される前から生きる、文字通りこの世の頂点のような存在なのだぞ……》

「さ、さあ……そんなことを俺に言われましても……」

《……フン。先ほどまでのお前とはえらい違いだな》
「え？」
《ユティやアカツキに迷惑をかけたんだ。しっかり謝っておけ》
「は、はあ……」
『邪』の力に飲み込まれていた時の記憶がない優夜は、よく分からないままひとまず返事をすることしかできないのだった。
《さて、それより……『拳聖』はどこに消えた？》
「え……あ、そうだ！　アイツ……！」
今回のすべての元凶である『拳聖』の存在を思い出し、慌てて周囲を見回すが、もう『拳聖』の姿はそこにはなかった。
《……どうやら先ほどのアカツキのスキルで、ヤツの傷も癒えたようだな》
「ぶひぃ……」
ウサギの言葉により、自分のせいで『拳聖』を逃がしてしまったと知ったアカツキは、珍しくその場で落ち込んだ。
いつもマイペースなアカツキから見ても野放しにしてはいけないと思うほどの凶悪な存在が、『拳聖』だったのだ。

そんなアカツキの頭にウサギは慰(なぐさ)めるように手を置く。

《そう落ち込むな。こればかりは仕方がない。俺はお前のスキルがなければ助からなかったかもしれないのだ》

「ぶひ……」

ウサギの言葉にアカツキは小さく頷(うなず)く。

しかし、その場から『拳聖』が消えた事実に変わりはなく、優夜たちの雰囲気は暗く沈(しず)んだ。

「……ん？　あれ？　オーマさんは？」

「え？」

そこでふとオーマの声が聞こえないことに気づいた優夜が周囲を見渡すが、いつの間にかオーマの姿が見えなくなっていた。

「予測。恐(おそ)らく、家に帰った。寝てると思う」

「ね、寝てる……」

「肯定(こうてい)。それほどまでに、興味がない」

《興味がない、か……。俺たちとしては必死に戦っているのだがな……》

「うちのオーマさんがすみません……」

優夜は居たたまれなくなり、そう謝りながら全員で家に帰るのだった。

＊＊＊

優夜たちが家に帰っているころ、アカツキのスキルにより偶然自身の傷も癒えた『拳聖』は、必死に【大魔境】を走っていた。

「クソッ……クソッ……クソオオオオオオオオオオオオ！」

今の『拳聖』の脳裏に過るのは、圧倒的な力で『拳聖』をねじ伏せた優夜の姿だった。

『拳聖』は今まで敗北というものを知らず、その才能はすさまじく、ありとあらゆる技術を吸収していく天才だった。

それゆえに、先代『拳聖』に弟子入りして一年もしないうちにその座を奪うと、そこからはさらに強さに貪欲になった。

そしてその強さは傲慢さにも繋がり、気づけば強さを求めるだけでなく、その手に入れた技術をぶつける相手を探すようになっていた。

だが、圧倒的強者である『拳聖』にとって、その技を受け止められる者はそういなかった。

「ハア！　ハア！　ハア！」

誰もかれも『拳聖』が少し本気を見せれば、簡単に壊れていった。

だからこそ、『拳聖』にとって、他の存在は取るに足らない有象無象でしかない。

――その『拳聖』が、何もできずに敗北したのだ。

今までその才能で手に入れた技術のすべてを駆使し、『邪』の力を使ってもなお、届かない。

それどころか、かつての『拳聖』が他の者の技を盗み、それをより昇華させた状態で使用しては相手の心をへし折っていたように、まったく同じことを優夜にやられたのだ。

それも、その結果が当たり前であるかのように。

『拳聖』にとっての周囲の存在は、自分の技術をぶつけるための玩具にすぎない。

だが、優夜にとっての『拳聖』は……ただの観察対象だった。

そこに感情は一切なく、ただ淡々と処理するだけの存在。

そんな視線を向けられ、『拳聖』のプライドはすでにボロボロだった。

もはや優夜たちに追いつかれない場所まで来ると、『拳聖』は荒い息を整えながら一息ついた。

「絶対に許さねぇ……この俺様をコケにしやがって……あいつら全員、地獄を見せてやる……！」

優夜だけでなく、ウサギたち全員への新たな復讐を誓った『拳聖』は、フラフラとした足取りでその場から動き出そうとする。

「次は……次こそは……！」

『――次？　おかしなことを言うな』

「なっ、誰だ⁉」

突如、聞こえてきた言葉に、慌てて『拳聖』は構えた。

今までの『拳聖』であれば、自分自身に気配を悟らせずに動ける存在がいることに驚愕していただろうが、今の『拳聖』にはそこまで気を回す余裕がなかった。

そのため、憔悴した様子で構える『拳聖』に対し、ついに声の主が姿を現した。

「テメェはさっきもいた……」

『拳聖』の前に姿を見せたのは、なんと家に帰って寝ていると思われていたオーマだった。

そんなオーマに対し、得体の知れない不安に襲われた『拳聖』は、焦った口調で訊く。

「何なんだよ、テメェはよぉ！」

そんな『拳聖』に対し、オーマは気にした様子もなく、小さい体のまま『拳聖』に近づくと、ニヤリと笑った。

『貴様、先ほどおかしなことを口にしていたが』

「あ？　おかしなことだとぉ？」

『そうだ。次、がどうとか――』

「ハッ！　何がおかしい⁉　次だよ、次！　今回のは負けじゃねぇ！　俺様は退くだけだ！　次にやれば、俺様が絶対に勝つ。そしてアイツらに地獄を見せてやるんだよぉ！」

『なるほどなるほど……』

オーマは『拳聖』の言葉に愉快そうに笑うと――。

『ずいぶんと、おめでたい頭だな。我の仲間に喧嘩を売っておいて、無事に帰れるわけがなかろう？』

「あ？　テメェの仲間だ？　ただの竜の分際で、何を……」

次の瞬間、オーマの体が元のサイズに戻った。

「へ、あ、は？」

いきなり出現した巨大な竜を前に、『拳聖』は腰を抜かし、その場に座り込む。

『ただの竜、か。我は、創世から生きる竜であるのだがな？』

「ば、バカな⁉　創世って……で、伝説の竜だと⁉　そんなの、おとぎ話じゃねぇのかよ⁉」

呆然と自分を見上げる『拳聖』に対し、オーマは顔を近づけると大きな口を開けた。

『貴様に次はない。ここで、終わりだ』

「お、おわ――――」

その言葉の先は、続かなかった。

オーマは咀嚼を繰り返すと、口の中のモノを飲み込む。

そしてその顔をしかめた。

『不味い。優夜の飯を食うようになり、我もずいぶんと舌が肥えた。いわゆるグルメというやつだな』

そう呟きながら再び小さいサイズに戻ると、オーマは何事もなかったかのように優夜たちのもとへ帰り始める。

『さて、今日は我も頑張ったことだし、優夜には美味いものを作ってもらうとしよう。そうだな……ハンバーグなど、よいかもな』

オーマが立ち去ったことで、再び【大魔境】に平穏な空気が漂うのだった。

＊＊＊

『――――何だと？』

【世界の廃棄場】にて、三人集まっていた『邪』のうちの一人が、呆然と呟いた。

『バカな……何故、【拳聖】の気配が……【拳聖】に与えた【邪】の気配が消えているのだ？』

そこで焦った声をあげているのは、『邪』の一人にして、『拳聖』に力を与えた者だった。

『僕の方も、何だかおかしいんだよねぇ。【弓聖】の弟子に与えてやった力との繋がりが切れちゃった』

焦る『邪』に対し、のんびりとした声音の別の『邪』が、不思議そうにそう答えた。

『おかしいですね……【弓聖】の弟子とやらは、どこかで野垂れ死んでいてもおかしくはないですが、それにしたって【邪】の力の気配が消えるのは変です。何より、あの数少ない適合者である【拳聖】の気配がなくなるのは、あり得ないでしょう』

『それはそうだ。もはや【拳聖】に関しては影だけでは手に負えぬ。だからこそ、我が直々に手を下しに行こうと思っていたところを……』

冷静に分析している『邪』に対し、最初に口を開いた『邪』がそう答える。

『でもでも、それなら別にいいんじゃない？　それ、手間がなくなったってことでしょ？』

『まあ純粋に考えればそうでしょうが、そう楽観視できないのが現状です』

『えー、なんでー？』

『我々の力に対抗できる者が、存在するということになるからですよ。それを野放しにするのはあまりにも危険です』

『それって【聖】じゃないのー？』

『違うだろうな。だいたいの【聖】は我らに下るか、【拳聖】の手で殺されている。残る我らに抵抗している【聖】など極わずかだ。それに、我らの力と適合した【拳聖】に対抗できるであろう【聖】は、【聖】の中でも最強と称される【剣聖】くらいだろうな。それでも、【剣聖】が無事でいられるとは思えない』

そう口にした『邪』は、忌々し気に続ける。

『だからこそ、【拳聖】を殺した者は野放しにできん。たとえそれが【剣聖】であったとしても、我らにとっての脅威に違いはない』

『ならどうするの？　殺しに行く？』

『もちろん、そうする必要があるでしょうね。ですが……』

『ああ、そうだな』

丁寧な口調の『邪』に対し、威厳のある口調の『邪』は、一つ頷いた。

『そろそろ残りの【聖】に戦争を仕掛けよう』

『え、本当!?　ウソじゃないよね!?　やったー！』

無邪気に笑う『邪』は、その楽しみを抑えきれず、ワクワクした様子で訊く。

『いつ!? いつ殺すの!? どれだけ殺す!? やっぱり全員!?』

『落ち着け。もちろん、殺せるだけ殺すさ。だが、こちらに降るというのであれば、それを受け入れよう』

『えー？ なんでー？』

『それはもちろん、奴隷として扱うためですよ』

『奴隷？』

『そうです。我らの目的は、負の側面として追いやられている我々が、世界の主導権を握ること……そのためにも、脅威となる存在はしっかり管理しませんと』

『ふーん……そんなもの？』

『そんなものです』

どこか興が削がれた様子の無邪気な『邪』だったが、すぐに気を取り直す。

『じゃあさ、じゃあさ、最初に攻撃を仕掛けるときは僕からでいい？』

『ああ、いいだろう。ここに来ていない連中も文句は言わんさ』

『やったね！』

『……それはそれとして、【聖】に戦争を仕掛けるなら、より【拳聖】を殺した存在を野放しにするわけにはいかないですね』

『そうだな。まあ……こちらにも我々に降った多くの【聖】がいる。それは我々に敵対している【聖】の数をも超えた。負けるとは思えんがな』

そう言いつつ、『邪』はまだ知らぬ『拳聖』を倒したものを想像しつつ、空を睨んだ。

『どこの誰だかは知らぬが……我々は止められんぞ』

そして、『邪』の三人はその場から消えていくのだった。

エピローグ

優夜たちが『拳聖』と戦っていたころ、レクシアは公務のため、隣国のレガル国を訪れていた。

レガル国とアルセリア王国は長年友好関係を築いており、定期的な交流のため、王族の中でも国民から人気のあるレクシアがその大使として任命されていた。

普段であれば、ここに護衛としてオーウェンがいるはずだが、ルナという強力な護衛を得たことで、オーウェンは国王であるアーノルドの護衛につくことができている。

そして、無事にレガル国の首都に到着した二人は、すぐさま貴賓室へと案内され、レガル国の宰相であるロイルと国王のオルギスの二人との会談を始めることになった。

「いやぁ、それにしても……相変わらずレクシア様はお美しいですなぁ」

「あら、ありがとうございます」

ロイルやオルギスからの言葉に、レクシアがにこやかに笑い返す様子を、ルナは後ろに控えながら眺めている。

「(……まったく、とんでもない猫かぶりだな。誰だ、コイツは)」

にこやかに、そして愛想よく会話を繰り広げるレクシアに対し、ルナは呆れた視線を向ける。

レクシアの護衛に任命されてから、本当のレクシアがこんなにもお淑やかではないことをルナは知っている。

「(とはいえ、ああやって公私を切り替えられなければ王族など務まらないのかもしれないな……)」

そんなことを思いながらレクシアたちの会話を見守っていると、オルギスが思い出したかのように口を開く。

「おお、そういえば……なんでもアルセリア王国でちょっとした問題が起こったと耳にしたのだが……」

「何でしょう？」

「いや、何。ただの噂なのだが、第一王子のレイガー殿が謀反を起こしたとか……」

そう語るオルギスだが、その目はすでにこの噂が本当だということに気づいているようだった。

「(やれやれ……王族とは面倒だな。いちいち腹の探り合いか。友好国とはいえ、隙を見せれば食い潰される……下手をすると闇ギルドより恐ろしいな）」

ルナの考える通り、レガル国とアルセリア王国は友好関係にあるとはいえ、領土問題など、隣国だからこそ抱える問題も多くあった。

そのため、少しでも隙を見せれば、そこを突かれ、あらゆる面で不利になる可能性がある。

「（第一王子の国王暗殺未遂は、国王の緘口令によって表面上は抑えられているが、それも完全ではない。それに、今でこそ国王と第一王子は和解したが、他国が第一王子の心につけ込み、謀反を働きかける可能性もある。その他国に、レガル国が含まれていないとも限らない。油断はできないな）」

ルナが静かにそう分析していると、レクシアは悠然と微笑む。

「あら、よくご存じですね？」

「っ⁉」

「……ほう？」

レクシアがあの事件を隠すこともせず、ハッキリとそう告げたことに、ルナは驚いて目を見開いた。

「（レクシア、お前は何を考えている？　何故わざわざ相手にそんな隙を見せるようなこ

　とを……）」

　ハラハラとした気持ちで見守る中、レクシアはこともなさげに続けた。

「ですが、今となってはお兄様……レイガー殿下と陛下は、すっかり和解しております。もはや殿下が謀反を起こすようなことはないでしょう」

「だが、謀反を起こしたという事実は変わらない。それはつまり、アルセリア国王に対して不満があったからでは？」

「それはもちろん、親子ですもの。ちょっとした親子喧嘩ですわ」

「国王暗殺未遂を、親子喧嘩と申すか」

「あら、暗殺だなんて人聞きの悪い。陛下も生きておられますし、殿下も元気ですよ？　それに、こうして喧嘩したからこそ、今となっては、二人はこれまで以上に固い絆で結ばれています」

　どこまでも平然としているレクシアに対し、ロイルは唖然としていたが、オルギスは真剣な表情から一転して大声をあげて笑った。

「ハハハハハ！　そこまで前向きにとらえるとは、とんでもない娘だな！」

「ご満足いただけたようで何よりです」

「ああ、満足だとも。そちらが少しでも弱みを見せれば搾り取れるだけ搾り取ってやろうと思っていたのだがなぁ……。弱みどころか、それを強みだと開き直られるとは思わんかったぞ！」

呵々と笑うオルギスは、改めてレクシアを見つめる。

「では、この際だ。もう一つ気になる話があってな、そちらも聞かせてもらおう」

「気になる話……ですか？」

「ああ。アルセリア王国には伝説の竜が眠ると言われている渓谷があるな？」

「ええ」

「その伝説の竜が目覚めたというが……本当か？」

「「⁉」」

オルギスの語った情報を、レクシアとルナはまだ知らなかった。

「どうやらお主たちも知らなかったようだな」

「え、ええ。その話、本当なのでしょうか？　というより、伝説の竜って迷信ではなかったのですか？」

「まあその反応が正しいとは思うが……」

「レクシア様もここに来る途中、すさまじい揺れを感じませんでしたか？　こう、大地が震えるような……」

「そういえば……」

伝説の竜であるオーマが目覚めたとき、もうすでに王都を発っていたレクシアは道中、すさまじい揺れを感じたことを思い出した。

その揺れに、御者や護衛の騎士たち、そしてルナがすぐさま警戒するも、結局その後は何かが起きることもなかったため、一過性のモノだと判断していたのだ。

「あの地響きが、伝説の竜の咆哮だと言われているのです」

「あ、あれが⁉　ですが、このレガル国とそのおとぎ話のある渓谷の間には大きな距離があると思うのですが……」

「まあ、伝説の竜というのだから、その距離をものともしない咆哮であってもおかしくなかろう。なんせ、創世から生きているとのことだしな」

一人納得した様子で頷くオルギスは、再び真剣な表情を浮かべる。

「だが、問題は伝説の竜が目を覚ましたことではない」

「え？」

「そちらの国で、その竜を手懐けた者がいるかもしれないということこそが、問題なのだ」

「ええ⁉　ウソでしょ⁉」

オルギスの言葉に、レクシアは思わず素で答えてしまった。

だが、それをオルギスもロイルも咎めない。それほど衝撃的なことだからだ。

「一体誰なのでしょう？」

「いや、それこそ我々が訊きたいことなのだが……なんでも、調査に黒髪黒目の謎の男が向かい、帰ってくるとその男の傍に小さい竜がいたそうなのだ。地が揺れるほどの咆哮を上げるのだから巨大だと思うのだが、いかんせんその渓谷に出向いた帰りだからな……その小さい竜が関係しているのは間違いないだろう」

「恐らくですが、何らかの方法で伝説の竜を小さくしたのかもしれませんな。ほら、珍しいところで言えば、【ファンタジー・ラビット】からは体の大きさを自由自在にできる薬が手に入るとも言われていますしな」

「「……」」

オルギスとロイルの言葉に、レクシアとルナは自然と顔を見合わせた。

「ユウヤ様ね！」

「ユウヤだな！」

「「ユウヤ？」」

「「あ」」

思わずユウヤの名前を口にしてしまい、慌てて手で押さえるが、もう遅かった。

オルギスはニヤリと笑うと、レクシアに尋ねる。

「どうやらレクシア殿はその男を知っているらしいな？」

「う、それは……」

「さて、どこの誰なのか、話してもらおうか？」

ロイルとオルギスの二人から向けられる視線に、レクシアは最初こそたじろいでいたが、何かに気づくとすぐに元の様子に戻った。

そして――――。

「いいわ、そんなに知りたいのなら教えてあげる――――私の旦那様になる方よ！」

「なっ、レクシア!?」

堂々と胸を張り、そう言い切ったレクシアに対し、ルナは慌てる。

「おい、レクシア！　お前……」

「何よ、文句ある？」

「文句しかないんだが!?」

「いいじゃない。時間の問題よ！」

「だからそういうことじゃ……！」

突然言い争いを始めたレクシアたちに対し、放置されたオルギスたちは呆然とそれを眺めるしかなかった。

すると、正気に返ったオルギスが咳払いをする。

「ゴホン！　あー……その、いいかな？」

「ハッ⁉　ごめんなさい……お二人を置いてつい熱くなってしまったわ」

「まあいい。どうやらアルセリア王国は少し見ないうちにずいぶんと良い人材に恵まれたようだな。ここにオーウェン殿がいないことに最初は驚いたが……そこの女も恐ろしいほど腕が立つようだしな」

「ええ、ルナは強いわよ？　ねえ？」

「……フン」

急に話を振られたルナは、鼻で笑うだけだった。

そんな様子を見て、オルギスは笑うと、レクシアたちが気づかないような鋭い視線を一瞬浮かべる。

「いやはや、羨ましい限りだ。だが、我が国も負けておらんぞ？」

「へえ？　どういうことかしら？」

レクシアが不思議そうに首を傾げると、オルギスは勝気な笑みを浮かべる。

「何と、我が国ではかの『剣聖』を迎え入れることに成功したのだからな」

「「ええ!?」」

伝説の竜であるオーマと同じように、『聖』を冠する存在もレクシアたちにとって、おとぎ話のような存在だった。

そんな存在を迎え入れることができたということは、とんでもない戦力を保有したことに変わらない。

「そこで、今度行われる我が国の建国祭にて、御前試合をしてもらおうとかんがえているのだ」

「確か、レガル国は今年で建国百周年よね？」

「そうだ」

もう敬語すら使わなくなったレクシアだが、オルギスは気にした様子もなく続ける。

「勿論、アルセリア王国にも来賓として来ていただく予定だが……どうだろう、よければ我が国の『剣聖』と、そちらのユウヤとやらの御前試合にするというのは」

「え!?」

「ああ、別に無理にとは言わん。一国の面子がかかってくるからな。『剣聖』を相手にするのはさすがに酷すぎるか」

「何ですって?」

「む?　何かおかしなことを言ったかな?　こちらはかの『剣聖』なのだ。結果は分かっているだろう?」

「ユウヤ様が負けるって言いたいわけ!?」

「お、おい、レクシア……?　余計なことは……」

「ルナは黙ってて!」

不味い流れになったと感じたルナが思わず声をかけるが、レクシアは止まらなかった。

「いいわ、そこまで言うのなら、やってやろうじゃない!　ユウヤ様の方が絶対強いんだから!」

そうレクシアが口にした瞬間、オルギスは罠にかかったと言わんばかりに口の端を吊り上げた。

「そうかそうか!　御前試合に協力してくれるか!　いやあ、よかったよかった」

「当然よ!　ここまで言われて、黙ってられないわ!」

「ああ、クソッ!　私は知らないからな!?」

オルギスの目的は、ユウヤという謎の存在について調べることだったのだが、そのことに気づけないレクシアはオルギスの言葉に乗ってしまった。

――こうして、再びユウヤは知らないところでまたも一大事に巻き込まれていくのだった。

あとがき

この作品をお手に取っていただき、ありがとうございます。

作者の美紅です。

早いもので、皆様のおかげで五巻を発売することができました。

本当にありがとうございます。

今回ですが、優夜は伝説の竜や、ユティに宿っていた『邪』すらも仲間にしたりと、毎回のことながら、優夜の望む平和で穏やかな生活から遠ざかっていきます。

そして、『邪』の力を完全に使いこなす『拳聖』を相手に優夜はどう戦うのか、といった感じでした。

優夜がいつも通りトラブルに巻き込まれる中、私もいつも通りの調子で書いていましたので、相変わらず私自身も優夜たちがどこに向かうのか分からないまま、書き進めました。

その結果、何が何だか分からぬまま五巻が完成していたので、面白いものですね。

さて、何気に、異世界サイドで初めてレクシアたちの暮らすアルセリア王国以外の国が登場してきました。そこを訪れていたレクシアと相手国の王の会話によって、また優夜は知らないところで妙な争いに巻き込まれていきます。

さらに、『聖』の何人かが『邪』に堕ちたということもあり、『邪』は本格的に残りの『聖』へと戦争を仕掛けようとします。

しかも、『拳聖』が倒されたことを知った『邪』は、倒した張本人である優夜を警戒し、排除すると決意しました。優夜にとっては踏んだり蹴ったりですね。

そんな優夜の次の活躍も楽しみにしていただけると嬉しいです。

さて、今回も一緒に作品づくりをしてくださった担当編集者様。

毎回カッコいいイラストで、この作品をより魅力的にしてくださっている桑島黎音様。

そして今回もこの作品をお手に取っていただき、読んでくださった読者の皆様に、心より感謝を申し上げます。

誠にありがとうございました。

それでは、また。

美紅

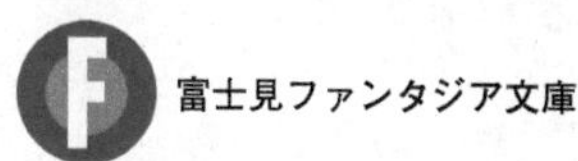

異世界でチート能力を手にした俺は、現実世界をも無双する5
〜レベルアップは人生を変えた〜

令和2年4月20日　初版発行
令和3年10月10日　7版発行

著者——美紅

発行者——青柳昌行

発　行——株式会社KADOKAWA
〒102-8177
東京都千代田区富士見2-13-3
0570-002-301（ナビダイヤル）

印刷所——株式会社KADOKAWA

製本所——株式会社KADOKAWA

※定価はカバーに表示してあります。
●お問い合わせ
https://www.kadokawa.co.jp/（「お問い合わせ」へお進みください）
※内容によっては、お答えできない場合があります。
※サポートは日本国内のみとさせていただきます。
※Japanese text only

ISBN978-4-04-073632-7 C0193 ◆◇◇

この少年、神々の子につき

神々に育てられしもの、最強となる

A boy raised by gods will be the strongest.

羽田遼亮

ill fame

神々の住む山——テーブル・マウンテン。

その麓に捨てられた赤ん坊は、神々に拾われ、
ウィルと名付けられるが……。

「この子には剣の才能がある、無双の剣士にしよう」

「いいえ、この子は優しい子、最高の治癒師にしましょう」

「いや、この子は天才じゃ、究極の魔術師にしよう」

剣の神、治癒の神、魔術の神による英才教育を受け、
神々をも驚愕させる超スキルを修得していくウィル。

そんなある日、テーブル・マウンテンに、
ひとりの巫女がやって来て……。

すべてが規格外な少年・ウィルの世界を変える旅が始まる!

すべてが規格外
ウィル
神々の暮らす山の麓に捨てられ、
剣の神、治癒の神、魔術の神に
育てられた少年
ファンタジア文庫
シリーズ好評発売中!